위안의 서

• 이 도서의 국립중앙도서관 출판시도서목록(CIP)은 e-CIP홈페이지(http://www.nl.go.kr/ecip)와
국가자료공동목록시스템(http://www.nl.go.kr/kolisnet)에서 이용하실 수 있습니다.
(CIP제어번호: CIP2017007140)

제3회
황산벌청년문학상
수상작

박영 장편소설

은행나무

| 차례 |

1장

수백 년 전의
여자

트레일러 한 대가 늦은 밤 광화문대로를 달리고 있었다. 멀리 발굴 현장에서 출토된 미라를 담은 관이 수송되어 오는 중이었다. 광화문대로는 저녁에 내린 가을비로 축축하게 젖어 있었다. 도로의 물기가 가로등 불빛을 되비쳐 간혹 번들거렸다.

낮에 그 대로변을 가득 메우고 있던 사람들과 시위 행렬과 종교단체들은 한낱 홀로그램에 불과했던 듯 순식간에 자취를 감춘 뒤였다. 미라를 실은 차량이 빗길을 질주하는 소리만이 그 밤의 정적을 깨고 있었다.

국립고궁박물관 보존과학실에서 기다리고 있던 정안은 멀리서부터 들려오는 발소리에 황급히 자리에서 일어났다. 그를 비롯한 보존과학

팀원들은 저마다 마스크와 비닐모자, 비닐가운으로 중무장한 채였다. 혹시 모를 감염이 있을 수 있었고, 산 자들의 몸에서 분비되는 땀에 미라가 급격히 상할 수도 있었다.

통상적으로 미라 보존 작업에는 대학 병원도 함께 참여했다. 박물관에서 죽은 자와 부장품들을 수습하고 나면 그다음엔 대학 병원에서 시신을 인계받아 CT촬영 및 골 성분 분석에 들어갈 예정이었다. 양쪽 다 여유가 있는 편이 아니었다. 아직 미라의 사망연대조차 확인되지 않았지만, 발빠른 박물관 기획팀에서 벌써 전시회를 기획하고 있을지 몰랐다.

문이 열리고 관이 들어왔다. 스테인리스 작업대에는 이미 비닐이 덧씌워져 있었다. 수백 년간 땅속에서 미라를 보관해왔을 관이 작업대 위에 조심스럽게 놓였다. 정안은 숨을 한 번 고르고 관 앞으로 다가갔다. 나무관은 빗물이나 지하수에 의해 심하게 부식된 상태였다. 해충의 습격마저 받은 뒤라 조금만 힘을 줘도 금세 부서질 것 같았다. 그는 다른 팀원들과 한 번 눈빛을 주고받은 후 조심스레 관 뚜껑을 맞잡고 열어젖혔다.

순간 밀려 나오는 역한 냄새에 그는 자신도 모르게 인상을 찌푸렸다. 예상은 했지만 견디기 어려운 냄새였다. 그는 조금 더 가까이 가서 관을 들여다보았다. 거대한 누에고치처럼 각종 염습의들로 단단하게 동여매인 미라였다. 게다가 염습의는 시신이 부패하며 흘러나온 분해물에 의해 진흙처럼 누런빛을 띠며 시신과 단단하게 결합되어 있는 상태였다.

정안은 다른 팀원들과 함께 묵묵히 결집된 염습의를 풀어헤치기 시작했다. 직물에 손상이 가는 걸 피하려면 극도로 조심해야 했다. 나무칼이 수십 번씩 스칠 때마다 교착돼 있던 부분들에 틈이 생겨났다. 정안은 시신의 몸을 감싸고 있던 저고리를 한 벌씩 벗겨낼 때마다 긴장감으로 손끝이 떨렸다.

작업은 오랜 시간 신중하게 이어졌다. 미라의 옆에는 차츰 벗겨낸 의복들이 쌓여나가고 있었다. 정안은 어느 순간부터 죽은 자와 자신의 거리가 한껏 가까워졌음을 감지했다. 이제 곧 미라의 얼굴이 드러날 것이었다. 단단하면서도 물렁한 감촉이 그의 손에 느껴진 것이다.

그런데 미라의 얼굴이 드러날 시간이 가까워질수록 그는 어쩐지 미라의 얼굴이 자신을 닮아 있을 것 같다는 생각이 들었다. 감정이 잘 읽히지 않는 은테 안경, 굳게 다문 입술. 그런 자신의 얼굴이 그 부패한 염습의 속 얼굴과 겹쳐 보일 것만 같았다. 남들보다 빠르게 죽음이 다가오고 있는 바로 자신의 얼굴이.

그런 망상을 떨쳐내기란 쉽지 않았다. 이런 일에 능숙한 그답지 않게 헛손질이 잦았다. 곁에 있던 동료가 불안한 듯 설핏 그를 향해 눈길을 보내왔다. 그는 아무것도 아니라는 듯 한쪽 눈을 찡긋거렸다. 그러고 나서 속으로 중얼거렸다.

'시발.'

어려서부터 혼란스러울 때면 내뱉던 말이었다. 그는 작업을 하다 말고 잠시 자리에서 비켜났다. 그러고는 조금 멀찍이 떨어져서 실체가 드러나고 있는 미라의 모습을 지켜보았다.

모든 과정이 세상과 단절된 것만 같은 보존과학실 안에서 이루어지고 있었다.

보존과학실에는 창이 없었다. 햇빛에 유물이 손상될 수 있기 때문이었다. 또한 언제나 바깥 날씨와 상관없이 늘 일정한 온도와 습도를 유지하고 있었다. 그것 역시 유기물이나 무기물로 이루어진 문화재들이 변형되는 것을 방지하기 위한 조치였다.

나무가 습기에 민감하다면 금속은 빛이나 공기 중에 섞여 있는 성분들에 의해 쉽사리 변색되고는 했다. 그것을 이쪽 업계에서는 문화재의 죽음이라고 부른다. 그러니까 보존처리사들의 작업은 어떻게든 유물들의 수명을 연장시키고자 이루어졌다.

그런 일에 매달리고 있는 동안에 비로소 그는 마음이 가라앉고는 했다. 죽음이 다가오고 있다는 사실에 대한 불안감 혹은 초조함을 조금이나마 물리칠 수 있기 때문이었다.

그러나 오늘은 웬일인지 도무지 그런 안정감이 찾아오지 않았다. 자신이 매달리고 있는 유물이 다름 아니라 한때 숨을 쉬며 살아 있던 사람이기 때문일까. 나무 불상이나 청동 촛대 혹은 금과 주석으로 도금한 금관을 매만질 때와는 다른 어떤 불편한 감각이 자꾸만 그를 짓눌렀다. 어쩐지 미라가 자신의 죽음이 머지않았음을 예고하러 이곳에 왔다는 예감이 들었다. 나무관이 열리는 순간 밀려 나오던 냄새조차 낯설지는 않았다. 불안했다.

그는 이제 창문도 없는 보존과학실의 한쪽 벽면을 마주한 채 심호흡을 하고 있었다. 그 수 분 동안 팀원들은 미라의 몸을 감싸고 있던 나머지 의복들을 마저 다 걷어낸 모양이었다. 그들이 나지막하게 내뱉는 탄성이 그의 귓속을 파고들었다. 곧 누군가 오랜 침묵 탓에 잠긴 목소리로 말했다.

"이건 여자인 거 같은데요?"

정안은 의아한 얼굴로 돌아보았다. 그러고는 놀라움으로 굳어 있는 그들 곁으로 다가섰다. 그는 흙 속에서 수백 년간 누워 있던 미라의 몸을 훑어보았다. 어두운 조명 아래 흐릿하게 드러나 있는 미라의 몸은 과연 여인의 것이었다. 남성의 의복을 둘둘 껴입고 있던 죽은 자는 그러나 남자가 아니었던 것이다.

그는 차분하게 미라의 얼굴을 바라보고 있었다. 눈이 있던 자리와 치아와 혀가 있었을 자리, 그리고 언젠가는 발그레한 홍조에 물든 두 뺨이 있었을 자리에는 모두 칠흑 같은 어둠만이 들어차 있었다. 그렇게 상태가 훌륭한 미라는 아니었던 것이다.

그는 서서히 손을 뻗어 조심스럽게 시신의 손을 감싸고 있는 악수(幄手)를 마지막으로 벗겨냈다. 여인의 뼈만 남은 손끝이 그의 손등에 살짝 스쳤다. 그 순간 죽음이 자신의 손을 잡은 것만 같은 서늘함에 온몸이 떨려왔다.

*

미라가 담겨 있던 나무관에서는 다음과 같은 유물들이 발견되었다.

적삼, 저고리, 바지, 도포, 단령, 버선, 오낭, 묵서, 악수.

미라는 1600년대경 이십여 년이라는 짧은 생을 살았던 것으로 추정
되었다. 어째서 남성의 의복을 입고 있었는지에 대해서는 다양한 추측
이 쏟아졌다. 고궁박물관 전시실에는 일단 악수와 저고리가 전시되었
고 나머지 유물들은 수장고에 보관되었다.

*

그는 박물관을 빠져나와서야 날이 밝았다는 것을 알아차렸다. 집에
가서 잠시만 눈을 붙이고 올 생각이었다. 시간이 없었다. 미라 같은 유
물은 바깥 공기와 빛에 노출된 순간부터 빠르게 부식이 시작되기 때
문이었다.

그는 정거장에서 버스를 기다리고 있었다. 집은 걸어가도 될 거리에
있었지만, 그는 엄두가 나지 않았고 그럴 기운도 없었다. 버스가 멈추
어 설 때마다 정장 차림의 회사원들이 쏟아져 내렸다. 광화문대로 어
딘가에 있을 자신들의 회사를 향해 바쁘게 걸어가는 모습을 그는 피
로한 눈으로 바라보았다. 방금 전까지 자신이 머물고 있던 보존과학실
과는 사뭇 다른 살벌한 풍경이 눈앞에 펼쳐지고 있었다.

유물을 대하는 데 있어 그에게 사명감 따위는 없었다. 그가 복원 및
보존처리 일을 하고 있는 이유는 단 하나였다. 그 일을 할 때만큼 죽
음에 대한 불안감이 조금이나마 누그러지기 때문이었다. 복잡하고 지
난한 과정을 묵묵히 수행하는 건 순전히 그 자신을 위한 노력이기도

했다.

　다음 세대 사람들까지 생각할 여유가 그에게는 없었다. 자신만 생각하며 살기에도 바빴다. 애초에 주어진 시간이 너무나 짧다는 사실을 어릴 때부터 뚜렷하게 자각하고 살아온 터였다. 어머니에게 물려받은 유전자. 아버지는 어머니를 보내던 화장터에서 그에게 분명하고 나지막한 목소리로 일러주었다. 너에게도 엄마의 유전자가 있다고. 그렇게 말하던 아버지는 홀로 되기에는 아직 너무나 젊었다.

　그래서였을까. 아버지는 더 이상의 외로움을 견디지 못하고 곧 재혼을 했다. 어린 그를 외가에 맡긴 채. 아니, 버린 채. 아버지가 그를 버린 외가에는 남편을 일찍 여의고 딸마저 일찍 떠나보내고 난 뒤 혼자가 된 할머니가 있었다. 할머니는 그의 이름을 부르지 않았고, 기억조차 하고 싶어 하지 않는 것 같았다. 할머니도 알고 있었던 것이다. 외손자 역시 자신의 남편으로부터 딸에게로 넘어간 그 유전자를 품고 있다는 것을.

　"너에게는 시간이 얼마 없을 거다. 그러니까 하루하루를 헛되이 살지 마라. 이게 내가 마지막으로 해줄 수 있는 말이다."

　화장터에서 아버지가 상복 차림인 자신의 어깨를 부여잡고 말했던 때를 그는 잊지 않았다. 그리고 또 하나의 기억. 그날 그는 엄마의 시신이 모조리 타들어가던 시간을 더 이상 견디지 못하고 화장터를 벗어났었다. 그러고는 아주 먼 길을 걸어갔다. 그는 어디로 가려던 것일까. 막연히 기억나기로는 그렇게 걸어가던 길 내내 사과나무가 끝없이 이

어지고 있었다는 것이다.

엉성하게 세워진 철조망으로 무단 침입자나 산짐승을 막아서고 있던 과수원들. 그의 기억 속에서 사과나무들은 흐릿한 안개 속에 감싸여 있었다. 그는 바닥에 떨어진 채 곪아가고 벌레 먹어가고 있는 사과들 가운데 한 알을 주웠다. 그것을 소중하게 안고 걸어갔다. 그는 주운 사과를 엄마에게 가져다주어야겠다고 생각했다.

끔찍한 기억. 결코 떠올리고 싶지 않은 어린 시절의 기억. 모조리 다 삭제해버렸다고 생각했는데도 이렇게 무방비한 시간이면 소스라치게 떠오르는 기억. 점점 더 생생해지기만 하는 화장터에서 하늘을 향해 치솟던 연기들. 그날 길을 잃고 떠돌아다녔던 과수원에 사과나무들이 내뿜던 숨 막히는 단내들. 끝내 그를 찾아버린 아버지의 절망스러웠던 표정. 그를 찾았기에 오히려 절망한 것 같았던 그 시절 젊은 아버지의 눈동자.

그가 기다리던 버스가 정거장에 멈추어 섰다. 버스 문이 열리자마자 한 무리의 잿빛 옷을 입은 사람들이 쏟아져 내렸다. 그는 멍한 정신을 추스르며 가까스로 버스에 올라탔다. 기사는 그가 버스에 올라타자 거칠게 버스를 출발시켰다. 그는 비틀거리며 뒤쪽으로 걸어 들어가기 시작했다. 한 무리의 출근객들이 이미 버스를 빠져나간 뒤여서일까. 버스 안은 거의 텅 비어 있다시피 했다.

비어 있는 좌석에 앉은 그는 피로한 눈두덩을 두 손으로 문질렀다. 뻑뻑한 눈은 좀처럼 풀어질 기미가 없었다. 신경질적인 시선을 창밖으로 던졌다. 신호 대기에 걸렸는지 버스는 점점 속도를 늦추었다. 그는 광화문대로변을 무표정한 얼굴로 걷던 사람들을 바라보다가 시선을 돌렸다. 높은 빌딩들이 저마다 치솟아 있어 하늘이 보이지 않았다.

그는 열린 틈으로 바깥의 탁한 공기가 들어오고 있는 창을 닫아버렸다. 그러고는 눈을 감았다. 그제야 버스 안을 울리는 라디오 뉴스가 귀에 들려왔다.

지난밤 서울 망원동에서 한 모녀가 생활고를 비관하여 도시가스를 틀어놓은 채 자살을 시도했습니다. 31세 이 모 씨는 그 자리에서 숨진 채 발견되었고 72세의 김 모 씨는 병원에 이송되었지만 아직 의식불명 상태입니다. 그들이 누워 있던 자리에서는 현금 삼십만 원이 담긴 봉투와 함께 집세를 내지 못한 집주인에게 미안하다는 쪽지가 남겨져 있었습니다. 지난 새벽 두 시경에는 서울 중계동의 삼층 상가 건물에서 화재 사건이 일어났습니다. 이 사고로 삼층 원룸에 잠들어 있던 일가족 등 아홉 명이 목숨을 잃었습니다. 경찰은 불길이 지하 노래방에서 시작되었다는 목격자들의 증언을 토대로 정확한 원인을 조사 중에 있습니다.

그는 잠을 못 자 살짝 둔감해진 손으로 외투 속을 더듬어 이어폰을 찾았다. 그러고는 두 귀에 꽂자마자 휴대폰 음량을 최대한으로 키웠다. 몇 분 뒤 잠이 들었다. 팔 하나가 죽은 사람처럼 무방비하게 늘어졌다. 그러는 중에도 그의 미간에는 주름이 잡혀 있었다.

※

광화문대로를 휩쓸고 지나가고 있는 잿빛 무리 속에서 그녀의 발걸음은 자꾸만 엉키었다. 휴대폰 벨소리가 미친 듯이 몸 어딘가에서 울리고 있었다. 그런데 어디에 휴대폰을 두었는지 도무지 찾을 수가 없었다. 외투 주머니를 더듬어보아도 없었다. 어깨에 메고 있던 천가방 안을 아무리 뒤적여도 보이지를 않았다.

마침내 그녀는 두툼한 다이어리 사이에 들어가 있던 휴대폰을 찾아냈다. 끊어졌던 벨소리가 또다시 울리기 시작했다. 사무실이었다. 서둘러 전화를 받았다. 습관처럼 휴대폰을 귀와 어깨 사이에 끼운 채 다이어리를 펼쳐 메모를 하기 시작했다.

통화를 마친 그녀는 조금 전 자신이 휘갈겨 적은 메모를 바라보았다.

10월 24일. 서울시. 망원동. 생활고. 모녀 자살 시도. 딸 사망. 72세. 김명화 씨 생존. 베드로병원 응급실.

이제 용지가 얼마 남지 않은 그녀의 두툼한 다이어리에는 그동안 그렇게 휘갈겨 적은 메모들로 가득했다. 이제까지 유성 볼펜으로 꾹꾹 메모를 눌러쓴 용지들은 흉터가 난 살갗들처럼 부풀어올라 있었다. 어느 페이지를 펼치든 어느 날 갑자기 사망한 사람들의 이름이나 유가족들에 대한 정보가 빼곡하게 적혀 있을 터였다. 그녀는 다이어리를 덮고 피로한 얼굴로 잠시 고개를 들어 올렸다. 저 멀리 경복궁의 청기와

지붕들이 흐릿한 대기 속에 드러나 있었다.

지금 당장 그녀는 사무실이 아니라, 사건 현장이 아니라, 자살을 시도했으나 홀로 살아남은 72세의 김명화 씨가 있는 베드로병원 응급실이 아니라, 그곳 푸른 기와지붕들이 모여 있는 고궁을 찾아가고 싶은 마음이 간절했다.

광화문대로의 사무실에서 바라다보이는 경복궁은 때때로 비현실적인 공간이었고, 단순히 과거에 이 나라를 지배한 왕조와 관료들이 머물다 간 곳이 아니었다. 더 이상 자살도 방화도 재해도 없는 곳. 더 이상 아무도 살고 있지 않은 곳. 시간이 멈춘 곳. 그러므로 적막하고 평화로운 어떤 곳이었다. 그녀는 어쩐지 그곳 텅 빈 궁궐에 가면 어디서든 오랜만에 깊은 잠을 잘 수 있을 것 같은 기분이 들곤 했다.

그러나 그녀는 매연과 황사로 인해 희붐한 서울 하늘 아래 희미하게 드러나 보이는 청기와 지붕들을 바라보다 말고 발걸음을 돌려야 했다. 서둘러 사건 현장에 도착하려면 사무실에 가서 간단한 채비만 하고 출발해야 할 것이었다. 경험에 비추어보면 김명화 씨에게는 보호자가 없을 가능성이 높았다. 아마 보험금이 나올 곳도 없을 터였다. 그녀는 사무실이 숨어 있는 미국대사관 뒤편 골목으로 접어들기 위해서 건널목을 건넜다.

팔차선 도로를 건너는 내내 그녀는 지원을 요청할 기관들의 목록을 떠올렸다. 이번에는 어느 쪽에 부탁해야 일처리가 좀 더 매끄러울지를 수없이 저울질하느라 머릿속이 복잡해졌다. 지난번 연고자 없이 자살한 중년의 여자에게 사실은 농아인 아들이 있었음이 밝혀졌을 때에는 천주교 재단과 아동보호센터에서 기금을 마련해주었다. 덕분에 열일곱

살의 아이는 혼자 생활을 꾸려나갈 수 있는 원룸과 약간의 보조금을 마련할 수 있었다.

이번에는 시민 단체 쪽에 도움을 요청하는 게 나을지 몰랐다. 정부에서 나오는 지원금은 해가 갈수록 박해지고 있었고, 신청 절차도 까다로워지고 있었다. 어떻게든 그런 오갈 데 없는 사람들의 보조금을 마련하기 위해 현장에 있는 공무원들이 구걸할 수밖에 없는 실정이었다.

도로를 건너자마자 마주치게 되는 미국대사관 앞에는 평소처럼 의경들이 보초를 서고 있었다. 모자 아래 경직된 얼굴로 서 있는 그들을 무심히 스치다 말고 그녀는 걸음을 멈추었다.

대사관 정문에서 한 사내가 검은 개를 끌고 나오고 있었다. 석유를 바른 듯 번들거리는 검은 개는 순하지만 어딘가 집요해 보이는 눈빛으로 사방을 의식하며 걸어가고 있는 중이었다. 그녀는 어쩐지 검은 개가 갑자기 목줄을 끊고 자신에게 덤벼들 것만 같은 아찔한 예감에 그 자리에 붙박인 채 서 있었다. 검은 개가 나지막하게 숨을 헐떡이며 곁을 스쳐지나갈 때까지.

잠시 뒤에야 그녀는 다시 걸을 수 있었다. 대사관 뒤편은 대로변에 늘어선 고층 빌딩들에 가려 늘 적당히 그늘져 있었다. 그곳에 모여 있는 낮고 허름한 상가 건물들 일층에는 대개가 번역소나 복사집 들이 자리 잡고 있었다. 그러나 간판에 새긴 상호와 별개로 유리벽마다 이혼 상담, 비자 문의, 여권 상담 등의 붉은 글자가 적힌 종이들이 나붙어 있었다.

그러한 가게들 때문에 그녀는 이면도로로 들어설 때면 불쑥 수십 년 전 서울에 온 듯한 착각이 들곤 했다. 그러나 근래 들어 이곳도 빠르게 변해가고 있었다. 일층의 번역소나 복사집이 테이크아웃 카페나 과일 주스 전문점으로 교체되고 있는 중이었다. 복사집과 번역소를 나누고 있던 벽면이 헐리고 아예 큰 규모의 수입 맥주 체인점이 되어버린 곳도 있었다. 점차 변해가고 있는 거리의 풍경 속에 그녀의 사무실은 여전히 정체가 모호한 상태로 어느 낡은 상가 건물의 삼층에 자리 잡고 있었다.

그녀가 일하는 사무실이 있는 흰색 건물에는 엘리베이터가 없었다. 일층에 자리 잡은 국숫집은 점심이 되기 전까지는 문을 열지 않았다. 굳게 닫힌 문 너머 어두운 가게에서는 나이를 짐작하기 어려운 여자들이 모여 앉아 파나 양파를 다듬고 있었다. 그들은 거의 날마다 아주 이른 시간부터 장사를 준비하곤 했다.

사무실에서 근무한 지 삼 년이 다 되어갔지만 그녀는 아직 한 번도 그곳 국수가게에서 식사를 한 적이 없었다. 그 여자들과 인사를 나눈 적도 없었다. 어쩌다가 그녀는 국수가게에서 일하는 여자들과 공중화장실에서 마주칠 때가 있었다. 그녀들이 일층 화장실을 이용하지 않고 굳이 삼층까지 힘들게 올라오는 이유는 한 가지 때문이었다.

여자들이 다녀간 화장실에는 담배 연기가 자욱하게 번져 있곤 했다. 그녀는 화장실의 녹슨 창문을 열며 생각했다. 그런 것에서 위안을 얻는 것이 가능하다면 그녀도 얼마든지 이곳 좁고 웅숭깊은 화장실에 숨어들어 연기를 흡입하고 싶었다. 그럴 수만 있다면. 조금이나마 불안하고 갑갑한 이 마음을 진정시킬 수만 있다면. 그녀는 살면서 한순간이라도 마음이 평온했던 적이 있었는지 더듬어보았다. 언제나 성실히 노력하면 머지않은 미래에는 자신의 삶이 안정될 것이라는 믿음 하나로 버텨왔을 뿐이었다.

엄마가 세 번째 남자를 만나 사랑에 빠졌던 시절에는 엄마가 그 남자의 아기를 가지면 자신의 삶의 기반이 탄탄해질 거라고 믿었고, 그 남자의 집에서 그 남자의 돈으로 대입 시험을 준비하던 시기에는 어떻게든 대학에만 가면 더 이상 불안하지 않을 거라고 믿었다. 공무원 시험을 준비하던 노량진의 기숙학원에서 지낼 때에는 시험에만 합격하면 이제 자신의 삶도 행복해질 줄 알았다.

그러나 모든 것이 그저 한때의 시기를 또다시 속아 넘어가기 위한 허상에 지나지 않는다는 것을 이제는 서서히 알아가고 있는 중이었다. 이제 그녀는 처음 일을 시작했을 때와 같이 이십 대가 아니었다. 서른이 되면서 삶이 언젠가는 안정될 거라는 믿음 따위는 버리기로 했다. 그러므로 더욱 무뎌지고, 차가워질 수밖에 없다고 그녀는 그렇게 생각했다.

그녀가 무심코 엿보고 있던 국수가게의 유리문 너머에서 누군가 양파를 다듬다 말고 고개를 들어 올려 그녀를 바라보았다. 그녀는 얼른 고개를 돌리고 서둘러 층계를 올라갔다. 조금 전 마주쳤던 여자의 눈동자가 자꾸만 떠올랐다.

어쩌면 그 여자의 얼굴은 미래에 자신이 가지게 될 얼굴인지도 모른다. 삶이 나아질지 모른다는 일말의 기대감들을 하나둘씩 포기해가다 끝내 맞이하게 될 무념의 얼굴. 화장실에서 문조차 제대로 잠그지 않고 변기 위에 다리를 벌리고 앉아 있곤 하는 여자들의 무방비함. 이른 아침부터 밤늦도록 신물 나게 맡아야 하는 양파 냄새에 무뎌져버린 여자. 죽기 직전 담배 한 대 피울 수 있다면 더 이상 이 세상에 미련 따위는 남아 있지 않을 것만 같은 여자의 무표정한 얼굴.

그랬다. 그건 머잖아 미래에 거울에서 마주할 자신의 얼굴일지도 몰랐다. 시멘트 계단은 올라갈수록 폭이 좁아지고 가팔라졌다. 그녀는 사무실 문을 열고 들어갔다. 얼마 전 새로 들어온 신입이 상담 전화에 낮고 건조한 목소리로 응수하고 있었다. 아직 모든 것이 낯설어 경직된 얼굴을 한 이십대 후반의 남자 신입을 흘긋 바라본 뒤 그녀는 곧장 자기 자리로 다가갔다.

그녀의 자리에서는 고개만 들면 사무실 안에 마련된 상담실의 굳게 닫힌 문이 바라다보였다. 스스로 상담실로 찾아오는 사람들은 거의 없었다. 그곳은 제 기능을 망각한 채 먼지가 쌓여가고 있을 뿐이었다. 상담실 문을 열고 들어서면 오래도록 사람이 드나들지 않는 공간만이 가지고 있는 어떠한 서늘함이 몸에 와닿곤 했다.

얼굴을 드러내놓고 자신은 죽고 싶다고, 자살을 하겠노라고, 손목의 동맥을 잘라낼지, 아니면 약을 입안에 털어넣을지 고민 중이라고 말하기 위해 상담 약속을 잡고 찾아오는 사람들은 흔치 않았다. 이미 이곳까지 찾아왔다면 그 사람은 죽고 싶지 않은 사람이다.

정작 죽고 싶은 사람들은 다만 죽고 난 뒤에 발견될 뿐이었다. 상담실로 전화를 걸어오는 사람들은 대개가 자살하고 싶은 사람이 아니라, 자살 현장을 목격한 이들이었다. 욕조에서 죽은 딸을 열흘 만에 발견한 엄마이거나 목을 매고 죽은 상대 연인을 처음으로 발견한 연인이거나.

그들은 하나같이 수치스러워했다. 마치 자신들이 자식이나 형제를 혹은 연인을 죽음으로 내몬 장본인이라도 된다는 듯이 죄인처럼 고개를 숙이고 세상 밖으로 나오려 하지 않았다. 그리하여 그들이 이곳으로 전화를 가장 많이 걸어오는 시간은 새벽 두 시에서 네 시였다. 사무실의 직원들은 둘씩 번갈아가며 당직을 서야만 했다. 그들의 본격적인 업무는 새벽부터 시작된다고 보는 것이 옳았다.

새벽 다섯 시가 넘으면 전화가 뜸해졌다. 날이 밝아오는 기미가 얼핏 창으로 비쳐들 때쯤이면 한숨을 놓아도 되었다. 자살자를 목격한 것뿐이라고 그들과의 상담을 등한시하면 안 된다. 그것이 시작일 수 있다. 또 다른 죽음의 시작. 통계적으로 보면 자살자는 직계가족 가운데 자살자가 있는 경우가 팔십 퍼센트 이상을 차지하고 있다.

'우리나라는 해가 갈수록 무서운 수치로 자살률이 급증하고 있다. 왜 그렇다고 보는가?' 공무원 시험 면접을 볼 때 그녀는 그 질문에 세상의 급변 내지는 가속화된 경제성장 때문이라고 대답하고 시험에 통과했다. 그러나 이 일을 시작한 뒤 수많은 자살자들의 사연을 접한 지금도 여전히 그렇게 자신 있게 답할 수 있을지 의문이었다.

그녀는 그저 명시적으로 발표되는 자살 통계수치를 억제하기 위해 나라에서 급파한 일꾼에 지나지 않았다. 하루에도 수없이 혼자만의 유폐된 방 안에서 자살을 꿈꾸는 사람들을 찾아내어 그들의 죽음을 지연시켜야 하는 의무가 있었다. 그래서 적어도 이 세상은 살 만한 곳이라고 사람들이 믿을 수 있을 만큼의 통계수치가 발표되는 데에 일조해야 하는 것이었다.

그러니까 국가적으로 자살은 일종의 전염병이었고, 그녀는 그런 바이러스에 감염된 사람들을 발견하는 족족 문제가 생기지 않게 처리해야 하는 존재인 것이었다. 그녀는 자신이 먹고살기 위해서 하고 있는 일을 그렇게 정의 내리고 있었다.

사무실은 어디까지나 은밀하게 운영되고 있는 중이었다. 전국 각 시마다 이런 기능을 수행하는 공무 집단이 존재했지만 일반 사람들은 그 사실을 몰랐다. 그곳에서 일하는 공무원들은 업무 내용과 업무상 알게 된 내담자들의 이력, 사연 등을 외부에 발설하지 않겠다는 비밀 유지 서약을 한 뒤에 채용된 사람들이었다. 그래야만 전국 곳곳에 은밀하게 싹트고 있는 미래의 자살자들이 조금이나마 편안한 마음으로 스스로 연락을 해와 자신의 자살을 막아달라고 부탁할 수 있을 것이기 때문이었다.

그녀는 당일 업무에 대한 보고 현황서를 간단히 작성한 뒤에 그것을 팀장의 책상에 올려놓고는 뒤돌아섰다. 신입은 여전히 누군가에게 걸려온 전화에 일정한 톤으로 응수하고 있는 중이었다. 매뉴얼을 읊는 기계 같은 목소리라고 그녀는 생각했다. 저런 목소리를 가진 사람들은 오래 버틴다, 하지만 인간적이고 감정적인 목소리를 가진 사람들은 금세 도망쳐버리기도 한다고 팀장은 종종 말하곤 했다.

그녀는 사무실 문을 열고 나가려다 말고 잠시 뒤를 돌아보았다. 뭔가 놓고 온 것이 있는 것 같아서였다. 이십 평 남짓한 사무실 안을 공허하게 더듬어보던 그녀의 시선이 어느덧 한곳에 멈추어 있었다. 오래도록 사용된 적 없는 상담실이었다. 그곳의 문이 조금 열려 있었다. 누군가 막 그 안으로 걸어 들어간 것처럼.

사무실에서 유일하게 햇빛이 잘 들어오는 그곳 상담실의 창가에 언젠가 자신이 가져다놓았던 아이비 화분이 떠올랐다. 아이비는 그녀가 잊고 있는 사이 무방비하게 창문을 뒤덮으며 뻗어 올라갔었다. 어느 날 그녀는 한기가 들어오는 창문을 닫기 위해 그 잎사귀들을 가위로 모조리 잘라내야만 했었다. 그때 싱싱하고 푸르게 자라난 아이비 줄기를 잘라낼 때마다 손목에 전해지던 감촉들이 그녀는 불현듯 생생하게 떠올랐다.

*

베드로병원은 신문사들이 자리 잡고 있는 광화문의 외곽 어느 비탈길에 창백한 외관을 하고 서 있었다. 육십 년대부터 몇 번의 개축을 거치며 지금까지 버티고 있는 베드로병원의 주 업무는 아무래도 장례식인 것처럼 보였다. 업무상 이곳에 올 때마다 정문에서 바로 마주 보이는 비좁은 주차장에 조문객들이 담배를 피우고 있었기 때문이었다. 어디선가 이미 지친 듯 쉰 목소리로 흐느끼고 있는 울음소리가 끈적이며 그녀의 살갗에 달라붙을 것만 같았다.

그녀는 자신에게 따라붙는 죽음의 기운을 떨쳐내려는 듯 두 손을 외투 주머니 속 깊숙이에 찔러 넣은 채 앞만 보고 걸어갔다. 병원은 수차례의 개축을 통해서 실내의 통로들이 다소 복잡해져 있는 상태였다. 이전에 두 개의 병동으로 나뉘어 있던 건물을 하나로 연결하여 종합병원으로 거듭날 수 있었다는 이야기를 어디에선가 읽은 적이 있었다. 그래서인지 병동 안으로 걸어 들어갈 때마다 그녀는 길을 잃고 헤맬 것 같은 불안감에 사로잡히곤 했다. 매번 벽면에 걸린 표지판을 참고하며 길을 찾아가야 했다. 미리 알아본 바에 따르면 김명화 씨는 오늘 아침 응급실에서 일반 병실로 옮겨진 뒤였다. 여전히 산소호흡기를 달고 있지만 상담에 필요하다면 얼마간은 떼고 있어도 괜찮다고 병원에서는 간략하게 전해주었다.

그녀는 일반 병실을 찾아가기 위해 엘리베이터를 타고 오층까지 올라갔다. 복잡하게 교차되어 있는 통로를 헤매다 한참 만에야 찾아갈 수 있었다. 십이 인용 병실에는 환자복을 입은 사람들이 저마다 침상을 지키고 있었다. 병세가 위중한 사람들이 입원해 있는 곳으로 보였다. 그들은 저마다 호흡기를 달고 있거나 겨우 살아 있는 사람들처럼 눈만 깜박이고 있을 뿐이었다. 병실 내부에 울리는 말소리나 움직이는 소리는 모두 보호자들이 내는 것이었다.

김명화 씨는 창가에서 두 번째 자리의 침상에 누워 있었다. 며칠 전 새벽 죽음을 시도한 사람. 문 틈새와 창 틈새마다 꼼꼼하게 포일을 발라놓은 채 딸과 함께 수면제를 털어넣고 죽은 듯 잠들었던 사람. 그걸로 자신의 생이 끝날 거라고 굳게 믿었을 사람. 그러나 계획에 없이 혼자 살아남아 아직까지도 이 세상에 남아 있는 노인. 잠들어 있는 것처럼 보이는 얼굴을 내려보다 말고 그녀는 흠칫 놀랐다.

어쩐지 그녀가 오래도록 찾아가보지 않고 있는 자신의 엄마와 닮아 보였기 때문이다. 젊은 시절에는 제법 미인이라는 소리를 들었을 법한 얼굴. 그러나 나이가 들어가며 더욱 처연하게 늙어버린 얼굴. 그녀는 노인이 자신의 엄마가 아니라는 사실을 다시 확인하고 나서야 곁으로 다가갔다. 그때였다. 누군가 다가오기를 기다리고 있었다는 듯 노인이 눈을 부릅떴다. 그러고는 자신을 향해 걸어오고 있는 그녀를 바라보았다.

그녀가 걸음을 멈칫거리자 노인은 자리에서 비스듬히 일어나 앉았다. 노인은 스스로 얼굴에 부착되어 있던 산소호흡기를 잠시 떼어내더니 몇 번 기침을 쏟아냈다. 그녀가 노인을 향해 말했다.

"아직 불편하시면 다음에 찾아오겠습니다. 무리하진 마세요."

노인은 괜찮다는 듯 그녀를 향해 몇 번 손사래를 쳤다. 그러고는 그녀가 준비해간 음료수를 달라는 듯 손짓했다. 그녀는 노인을 향해 물었다.

"드실 수 있으세요?"

노인은 문제없다는 듯 고개를 끄덕였다. 불과 며칠 전 자살을 시도한 사람이라고는 믿어지지 않을 만큼 차분한 얼굴이었다. 자신의 속내를 드러내지 않으려는 사람일수록 상담은 어려운 법이었다. 그녀는 긴장하며 오렌지 주스의 뚜껑을 벗겨서 내밀었다.

노인은 말했다.

"갑갑해요. 이곳에서 얼른 나가고 싶어요. 석이 밥도 줘야 하고요."

그녀가 되물었다.

"석이라니요?"

노인이 그녀를 향해 살짝 웃음을 머금으며 말했다.

"딸애가 데려온 강아진데 이름이 석이예요. 사람들도 다 물어보더라고요. 석이가 사람 이름인 줄 알았다고 하는 말 자주 들었어요."

그녀는 죽은 딸에 대한 이야기를 노인이 서슴없이 하는 것을 보고 살짝 긴장했으나 짐짓 노인의 기분을 맞추어주려 애쓰며 고개를 끄덕였다. 살짝 미소를 머금은 채. 노인이 키우던 강아지에 대해서는 사전에 들은 바가 없었다. 그들의 자살 시도로 인해 그 강아지는 지금쯤 텅 빈 집 안에서 굶어 죽어가고 있거나 아니면 누군가 집 밖으로 그냥 방생했을지도 모르겠다는 생각이 머릿속을 스쳤을 뿐이었다.

노인은 주스를 한입에 다 들이켜고는 그녀에게 또다시 손을 내밀었다. 그녀가 물었다.

"주스를 한 병 더 드시게요? 천천히 드세요. 체하실 수 있어요."

그러자 노인은 담담한 미소를 지으며 말했다.

"괜찮아요. 나는 지금 너무나도 목이 말라요. 그러니까 한 병 더 마실게요."

그녀는 노인이 두 번째 병을 마저 비우는 동안 언제쯤 죽은 딸에 대해 이야기를 꺼내는 게 좋을지 고민하고 있었다. 노인이 또다시 말을 먼저 꺼냈다. 여전히 석이 이야기였다.

"아마 딸아이가 직장에서 집에 올 때마다 석이가 집 앞까지 따라왔나보더라고요. 오죽하면 우리가 집에까지 들이게 되었겠어요? 석이가 딸아이를 참 잘 따랐어요. 늘 붙어서 자곤 했지. 딸아이가 그 녀석 때문에 많이 밝아지기도 했고."

그렇게 말하고 노인은 잠시 멍하니 그녀의 뒤편 어딘가를 바라보았다. 오랜 시간 더 이상 아무런 말도 꺼내지 않고 있었다. 침묵이 불편한 그녀가 먼저 말을 꺼냈다.

"석이 밥 주는 일이 마음에 쓰이시면 제가 한번 들러볼까요? 저한테 부탁하셔도 돼요. 제가 가서 밥도 주고 물도 갈아주고 그럴게요. 석이 걱정은 마시고 여기서 좀 더 푹 쉬셔야지요. 병원비는 저희 쪽에서 알아보고 있습니다. 어떻게든 수소문해서 지금보다 더 편안하게 사실 수 있도록 도와드릴 거예요."

노인은 여전히 대꾸가 없었다. 잠시 둘이 아무런 말없이 앉아 있는데 병동 어딘가에서 사람들이 보고 있는 텔레비전 소리가 유독 크게 들려왔다. 한 여배우가 최근 들어 악플러들에게 시달리며 자살 충동을 느끼고 있다는 소식이었다. 여배우의 우울증에 관한 인터뷰가 죽은 듯 잠들어 있는 환자들의 병실을 떠돌아다니고 있었다.

저는 정말 살고 싶지 않아요. 어렵게 전화 연결이 되었다는 여배우의 음울한 목소리가 그녀의 귓가에 들려왔다. 그때였다. 노인은 갑자기 침상 위에 무심코 올려두었던 그녀의 손 하나를 끌어당겨 잡았다. 움찔 놀라 그녀가 노인의 눈을 바라보자 노인이 나지막하게 말했다.

"석이 밥을 챙겨주시겠다는 말씀은 고마운데 그럴 필요가 없어요."

그녀가 말했다.

"아, 벌써 어떤 분이 석이에게 밥을 챙겨주고 있는 모양이네요?"

노인은 고개를 젓더니 차분하게 말했다.

"아니요. 석이는 우리 딸하고 같이 죽었어요."

그녀는 순간 얼굴이 경직되어 노인의 시선을 피했다. 그러고는 자신도 모르게 노인이 움켜쥐고 있는 자신의 손을 빼내려 했다. 그러면 그럴수록 노인은 그녀의 손을 더욱 힘주어 붙잡았다. 다시는 그녀를 놓아주지 않으려는 듯. 그녀는 노인의 손이 죽음의 손아귀처럼 느껴졌다.

저는 살고 싶지 않았어요.

그 순간 방금 전 들려왔던 여배우의 목소리가 그녀 자신의 몸속에서 울려나오고 있는 것만 같았다. 그녀는 서서히 고개를 가로저으며 당혹감을 감추지 못했다.

누군가 텔레비전 채널을 바꾸었는지 병실에는 이제 기상예보가 흘러나오고 있었다. 최근 들어 우리나라는 이상기후의 영향으로 가을이지만 거의 겨울의 영향권에 들어가고 있다고 했다. 오늘 저녁 서울 등 중부지방에 내리는 가을비를 시작으로 오늘 밤에는 기온이 영하권까지 떨어질 것이라고. 내일 강원도 산간에는 가볍게 첫눈이 내리는 곳도 있을 거라는.

곧 영하권으로 떨어질 날씨에 대비하여 병동에서는 히터를 최대한으로 켜두었는지 그녀는 목까지 올라오는 기모 티셔츠가 숨통을 조이고 있는 것만 같았다. 그녀는 노인의 힘센 손아귀가 점차 자신의 손을 옥죄어오는 것을 느끼며 거의 절박한 말투로 말했다.

"죄송한데 저 화장실 좀 다녀와야 할 것 같아요. 속이 불편해서요."

노인은 그제야 손을 놓아주었다. 그녀는 어지럼증을 느끼며 자리에서 일어나 서둘러 병실을 빠져나갔다. 다시는 이곳으로 돌아오고 싶지 않다는 생각뿐이었다. 뒤에서 노인이 목 놓아 자신을 불러댈 것만 같아 도망치듯 걸어 나왔다.

병동은 지나치게 통로가 복잡했다. 그녀는 출구를 찾아 헤맸다. 인적이 끊긴 지 오래인 것 같은 텅 빈 복도를 걸어갈 때에는 목덜미에 한기가 엄습했다.

죽고 싶다. 죽고 싶었어요.

그녀의 몸속에서는 자꾸만 그런 목소리가 울려 나오고 있었다. 그러고는 텅 비고 기다란 복도 안에 메아리쳤다. 제각기 다른 목소리들이었다. 아마도 가방 안에 들어 있는 묵직한 다이어리에 기록된 사람들의 목소리가 그녀의 몸속에 켜켜이 잠겨 있다가 한꺼번에 터져 나오려 하고 있는 것만 같았다.

나는 욕조 안에서 구급대원들이 그녀를 수습하는 모습을 계속 지켜보고 있었어요. 내가 안고 사랑했던 그녀는 얼굴조차 알아볼 수 없었어요. 나는 그 악취를 참을 수가 없었어요. 지금까지도 내 몸에 묻어 있는 것만 같아요. 내가 사랑했던 그녀는 어디로 갔을까요?

내가 욕실에 들어가서 몸을 씻고 있을 때 그 일이 벌어진 거예요. 식탁에는 여느 날처럼 내가 먹을 저녁이 차려져 있었는데 어머니만 사라지고 없었어요. 바깥에서 사람들의 비명소리가 들렸어요. 베란다 창문은 활짝 열려 있었고, 커튼이 바람에 나부끼고 있었는데 나는 그쪽으로 이끌린 듯 걸어갔어요. 그리고 보지 말아야 할 것을 보았어요. 차라리 보지 않았다면……

우리 부부가 그 아파트 분양에 당첨되었을 때 우리는 세상을 다 가진 것처럼 행복했어요. 남편도 분명히 그런 줄 알았죠. 그런데 어떻게 그이는 그곳에서…… 우리가 날마다 저녁을 먹고 함께 손을 잡고 산책했던 아파트 단지의 정자 기둥에 목을 매단 채 발견되었어요. 나는 식용유와 키친타월을 사다달라고 부탁했을 뿐이에요. 남편이 하도 오지를 않기에 찾으러 나갔는데…… 사람들이 정자 앞에 모여 소리를 지르고 있었어요. 남편은 거기에 있더군요. 남편의 두 발이 저녁 어둠이 내려 앉은 아파트 단지의 정자에…… 그곳 허공에 떠올라 있더군요…… 나는 남편을 향해 중얼거렸어요. 내려와. 어서 그곳에서 내려와. 사람들이 다 쳐다보잖아. 창피하지도 않아? 당신은 창피하지도 않아?

그녀는 병원 바깥으로 빠져나오자마자 주차장을 가로질렀다. 조문객들이 피워낸 담배 연기는 조난객들이 피워 올린 그것처럼 어둠이 내린 도시의 하늘을 향해 치솟고 있었다. 그러나 그 연기는 미처 높은 곳까지 가기도 전에 희미하게 흩어져버렸다. 그리하여 검은 양복을 입은 조문객들은 병동 응급실 불빛을 받아 저녁이 돼도 어두워지지 않는 주차장에 영원히 갇혀 있을 것만 같았다.

버스에 올라타자마자 그녀는 비틀거리며 버스 안을 가득 채운 사람들 사이로 파고들었다. 더 이상 파고들 수 없을 때까지 파고든 그녀는 흔들리고 있는 손잡이를 부여잡은 채 버스에 매달려 있었다. 마치 그렇게 매달려야만 자신이 살아남을 수 있다는 듯. 그런 그녀의 불안한 얼굴이 버스의 어두운 차창에 되비치고 있었다. 그녀는 자신의 얼굴을 바라보고 있던 시선을 돌려 뒤를 바라보았다.

버스 맨 뒷좌석에 앉아 있던 사람들의 무표정한 얼굴이 버스의 움직임을 따라 조금씩 흔들리고 있었다. 새벽 두 시가 되면 그들이 떨리는 손으로 저마다 그녀가 밤을 지새우고 있는 사무실로 전화를 걸어 올지도 모른다는 생각이 들었다. 그러고는 저마다 살아가고 싶지 않은 이유에 대해 중얼거릴 것만 같았다. 그녀는 그들의 이야기를 들어주며,

밀려오는 졸음을 떨쳐내기 위해 계속해서 카페인 음료수를 마셔야 할 것이었다.

차가 밀려서 버스는 평소보다 늦게 도착했다. 그녀는 한 무리의 사람들에게 떠밀리다시피 하여 길에 내려섰다. 아직 오후 다섯 시가 되기 전인데도 광화문대로변은 어두워지고 있었다. 대기권에 드리워진 먹구름에 대형 스크린의 불빛이 반사되어 하늘은 거대한 반사판처럼 인공적인 느낌을 자아내고 있었다.

사무실로 돌아가기 위해 건널목에 서 있던 그녀는 잠시 고개를 돌려 그쪽을 바라보았다. 언제나 사무실에 가는 길이면 한 번쯤 넌지시 돌아보곤 하던 그곳. 과거에 시간이 멈추어 있을 것만 같은, 이 세계와는 다른 시간이 흐르고 있을 것만 같은 고궁 위에 하늘이 보였다. 이곳에서는 고층 빌딩에 가려져 잘려 보이는 하늘이었다. 제법 빠른 속도로 그곳을 향해 흘러가고 있는 구름이 보였다. 높은 곳에 바람이 세게 불어닥치고 있는 모양이었다. 그녀는 거기에 휩쓸려가기를 바랐다. 상상만으로도 아찔했다.

언젠가 나름 가까워졌다고 생각했던 동료 상담사에게 그런 말을 한 적이 있었다.

"저기 고궁 쪽을 바라보면 마음이 이상해져. 아침에 출근하다가도 갑자기 저기 어딘가에 숨어들고 싶은 충동이 드는 거야. 아니, 저기만 가면 어쩐지 아주 오랜만에 마음이 편안해질 것 같다고나 할까."

동료 직원은 의아한 얼굴로 그녀를 향해 말했었다.

"언니, 뭘 망설여요. 그럼 지금 나랑 가보자. 뭐가 무서워서 날마다 그걸 생각만 했단 말이에요? 입장료가 얼마나 한다구? 참 갑갑한 언니네."

그녀는 그때 미간을 찌푸리며 당황한 듯 웃어 보였다. 그러고는 자신의 손을 거칠게 이끌고 그쪽을 향해 막 걸어가려 하는 동료 직원의 손을 잡아당기며 말했었다.

"농담이야, 농담. 다리도 아프고. 나중에 가자."

그때 그녀는 다시는 다른 누군가에게 그런 자신의 열망을 말하지 말아야겠다고 생각했었다. 그들은 이해하지 못할 것이었다. 그쪽이 자신에게 어떤 의미로 다가오는지에 대하여. 그곳은 단순히 걸어서 십 분도 안 되는 거리에 있는, 입장료만 내면 누구든 들어갈 수 있는 관광지가 아니었다. 그곳에 가면 늘 어떤 날카로운 못 위에서 잠을 자고 있는 것처럼 느껴지는 자기 자신이 조금이나마 그동안 참고 있던 숨을 몰아쉬며 깊이 잠들 수 있을 것만 같은 그런 기분이 들었다.

그런데도 못 가는 이유는 단 하나, 자신의 삶에 긴장감이 흐트러지는 것을 원치 않기 때문이었다. 그녀는 삶에 무책임해지고 싶지 않았다. 여유로워지고 싶지 않았다. 스스로를 기만하고 싶지 않았다. 얼굴에 나태함이 덧씌워지는 순간 자신이 어디까지 무너져내릴지 알 수 없다고 생각했다.

그녀는 건널목 앞에 서서 몇 번째 신호가 바뀌는 동안에 꼼짝도 하지 않고 서 있었다. 웬일인지 오늘만큼은 사무실로 곧장 되돌아가고 싶지 않았다. 조금 전 평소처럼 무표정한 얼굴로 만났던 내담자와의 대화 내용을 문서로 남기고 싶지 않았다. 잘 나오지 않는 펜을 꾹꾹 눌러가며 냉정하게 상황을 보고하고, 필요한 지원금을 충당하기 위한 방안들에 대한 제안서를 작성하고 싶지 않았다.

잊으려 하면 할수록 그녀는 자신의 손아귀를 세차게 잡아 당겼던,

힘주고 버티었지만 죽음 쪽으로 끌어당기려 하는 것만 같았던 노인의 손에서 느껴지던 이물스러움, 한편으로는 어쩐지 그저 무턱대고 끌려가버리고만 싶었던 그 죽음에 대한 충동이 떠올랐다. 위태로웠다. 여기서 멈추지 않으면 자신은 무너져버릴지도 모른다는 예감이 들었다. 자고 싶었다. 오늘만큼은 그동안 미루어왔던 깊고 방만한 잠을 자고 싶었다.

그녀는 경복궁 쪽으로 걷기 시작했다. 살갗을 스치고 가는 바람이 요철처럼 날카로웠다. 그럴수록 그녀는 부러 더 고개를 꼿꼿이 쳐들고 앞으로 걸어나갔다. 상점들마다 일찍부터 켜둔 조명 불빛들이 눈앞에 어른거렸다. 불빛이 번져 나오는 거리는 어쩐지 따사로워 보였지만 그것은 착각일 뿐이었다.

그녀는 경복궁 매표소 앞에서 입장료를 지불했다. 매표소의 창 너머에 앉아 있는 여자가 무표정한 얼굴로 경고하듯 말했다.

"마감 시간은 여섯 시예요. 앞으로 한 시간 안에 나오셔야 합니다."

그녀는 말없이 고개를 끄덕였다.

구멍으로 빠져나온 표를 손에 쥐고 날카로운 바람이 불어닥치는 궐 안으로 들어갔다. 아치형 문 안으로 걸어 들어가자마자 그녀는 막막해졌다. 그 안에는 도심지와는 다르게 텅 빈 어둠과 바람들이 미친 듯이 뒤섞이고 있는 공터가 숨겨져 있었다. 분명히 그녀가 꿈꾸던 공간이었지만 날씨 탓인지 그 거대한 공간이 조금 두렵게 느껴졌다.

그곳에 들어선 그녀는 열여섯까지 살았던 시골 작은 마을의 어둠이 떠올랐다. 사람이 없는 곳. 텅 빈 채 열려 있는 곳. 그리하여 바람과 어둠과 새들이 찾아드는 그런 곳은 한편 위험한 곳이기도 했다. 그런 공간에서는 사람들의 시선이 없는 틈을 타서 은밀한 뒷거래나 범죄가 이루어지곤 했다.

엄마의 세 번째 남자는 그녀가 열한 살 때부터 그녀와 어둠과 적막 속에 단둘이 남겨질 때면 언제나 그녀의 귓가에 자신의 욕망을 뇌까리곤 했다. 언제나 술 냄새와 부패한 내장의 냄새가 역하게 뒤섞여 있던 그 이야기들을 그녀는 그러나 끝까지 저항하지 않고 듣고 있었다.

전에 읍사무소에서 일할 때 말이다. 나를 따라다니는 여학생이 있었어. 그 여학생은 좀 어딘가 모자란 아이였는데 말은 어린애처럼 했지만 몸은 정말 다 큰 성인 여자의 몸을 하고 있었어. 그 여자애가 나한테 와서 그러는 거야. 자기 좀 먹여주고 재워달라고. 가라고 했는데 끝까지 집까지 따라오더라고. 그래서 어쩔 수 없이 그 여자애를 씻겨주었지. 그런데 말이다…… 여자애 옷을 벗겼는데 글쎄 그 애 몸이 말이다……

그 남자는 세상이 위험하다는 이유로 날마다 그녀의 학교 앞까지 찾아와 있었고, 그녀와 나란히 걸어 집으로 오다 말고 그런 이야기들을 그녀에게 속삭이곤 했었다. 그 이상의 신체적 접촉이나 위협이 있었던 것은 아니었다. 그러나 그녀는 그 남자가 지어내는 그 추잡한 이야기가 자신의 귓속을 파고들 때마다 몸의 살갗들이 조금씩 썩어가고 있는 것만 같은 기분이 들었다.

자신이 좀 모자라 보였다는 그 여자가 되어 유린당하는 것만 같은 기분. 그러나 남자는 엄마와 남동생이 있는 집에만 돌아오면 다시 벙어리처럼 단 한마디 없이 밥을 먹고 혼자 그날 매출을 정산하고 잠들곤 하는 것이었다. 그녀는 남자에게 더 이상 그따위 소리 듣고 싶지 않다고 항의해본 적이 없었다.

불과 열한 살이었던 그녀는 그 이상한 집에서 살아남기 위해서는 짧은 시간 동안 어둠 속에서 남자의 끈적이는 목소리들을 고스란히 감내해야만 한다고 생각했었다. 그렇게 함으로써 엄마와 자신이 그 집에서 밥을 먹고 살아남을 수 있는 것이라고 믿었다. 그곳에서조차 쫓겨나지 않으려면, 자신이 계속해서 학교에 등록금을 내고 교복을 사 입고 교재를 사서 공부하려면 그것을 견뎌야 한다고 생각했었다.

그녀는 텅 빈 어둠이 곳곳에 가득 들어차 있는 궁 안을 걸어 다니며 그동안 부러 멀리했던 어린 시절의 기억이 자꾸만 떠올랐다. 근정전, 사정전을 지나 어느덧 그녀는 경회루 연못 앞까지 다다라 있었다. 연못은 차갑게 얼어붙은 청동 거울처럼 번들거리고 있었다.

어디에도 사람들의 기척이라곤 없었다. 그녀는 현재도 과거도 아닌 그 어디쯤, 버려진 시공간 속에 혼자 갇혀버린 기분이었다. 강하게 부는 바람에 연못 수면에 수없이 파문이 일었다. 그 물의 파문 속으로 빗줄기가 떨어지기 시작했다. 빗줄기는 점점 더 거세어져서 마치 단단한 청동 거울의 표면을 깨뜨리려는 듯 연못 위에 내리쳤다. 세찬 비가 어둠과 적막으로 가득 차 있는 궁 안에 내렸다. 그녀는 비를 피할 곳을 찾아서 궁 안을 헤매어 다녔다. 그러나 어디에도 비를 피할 데는 없었다. 더군다나 오랜만에 날카로운 못 위에서 살아가는 듯한 느낌에서 풀려나 편안하게 몸을 말고 잠들 만한 곳은 없었다.

기온은 급격하게 영하권을 향해 치닫고 있는 것 같았다. 그녀는 어린 시절 시골의 공터에서 느꼈던 공포감이 되살아나 자신을 짓누르는 것을 느끼며 궁을 벗어나기 위해 빠르게 걸어가기 시작했다. 차가운 빗물에 이미 거의 흠뻑 젖어가고 있는 중이었다. 몸이 덜덜 떨리기 시작했다. 손끝이 명주실로 세차게 감아놓은 것처럼 에어왔다. 떨리는 입술을 앙다물고 비를 피할 곳을 찾아 두리번댔다. 아주 약간의 온기라도 필요했다. 몸을 녹일 수 있는 불씨 같은 것.

주위를 두리번거렸지만 어디든 말끔하게 정돈된 흔적뿐이었다. 잘 닦인 마루와 바닥에 정연하게 깔려 있는 화강석들. 어느 정도 웃자라면 정기적으로 잘라내어 관리되고 있는 잔디밭. 돌담보다 그리 높지 않게 가지치기가 되어 있는 후원의 나무들. 하늘 가득 몰려오고 있는 잿더미 같은 검은 어둠. 어디에도 온기를 나누어 받을 만한 것은 보이지 않았다. 그녀는 그저 티 한 점 없이 말끔하게 연출된 관광포스터에서 쫓겨나고 있는 것만 같은 기분이었다.

*

그 어디에도 오랜만에 깊이 잠들 수 있는 곳은 없다는 사실을 깨달은 그녀는 일말의 배신감마저 느꼈다. 아니, 당혹스러웠다. 이럴 거면 진즉에 사무실로 곧장 가는 거였는데. 그녀는 이상하게도 한 번도 들러보지 않았던 그곳이 떠올랐다. 사무실이 있는 상가 건물 일층, 이제 이맘때쯤이면 저녁 식사 손님을 받고 있을 국수가게. 육수를 끓이는 솥에서부터 골목에까지 흘러나오는 증기. 그 증기에서 맡아지는 멸치 우리는 냄새.

그녀는 한 번도 먹어보고 싶지 않았던 그 집 국수 한 그릇이 처음으로 당겼다. 추위와 함께 허기가 몰려왔다. 게다가 졸음까지 쏟아졌다. 사람들은 이 모든 상황을 이미 예상하고 있었다는 듯 전부 빠져나간 뒤였다. 그녀만 남아 있었다. 마치 궁 안에 곧 차가운 비가 내릴 거라는 사실과 비가 내리고 나면 궁 안이 얼마나 혹독하게 추워질지에 대하여 다른 사람들은 이미 다 누군가에게 전해 듣고 빠져나가버린 것만 같았다.

어둠은 궁의 바닥을 뒤덮고 있는 화강석의 반짝임을 집어삼키고 기와마다 섬세하게 새겨져 있는 국화 문양을 지우고 연못 안에 지느러미조차 얼어붙어 있는 듯 보이는 잉어들의 생생한 색채마저도 재색으로 뒤바꾸어버렸다. 지금은 멸망한 옛 나라의 왕이 앉아 있던 왕좌에 채색된 화사한 색채들과 장수를 상징하는 거북이의 푸른 빛깔마저도 휘발시켜버린 지 오래였다. 그 안을 비틀대며 걷고 있는 그녀의 얼굴에 드러나 있던 핏기와 생기 따위도 모조리 어둠과 차가움에 빨려들어갔다.

그녀는 마치 죽은 사람 같은 얼굴이 되어서는 주위를 두리번댔다. 끝없이 이어지던 어둠 저 끝에 불빛을 켜두고 있는 낮은 건물이 하나 눈에 들어왔다. 입장료를 지불하고 들어왔던 경복궁의 정문 쪽은 아니었다. 측면 쪽이었다. 그곳에는 그동안 그녀가 몇 번 지나치듯 보았던 박물관 건물이 있었다. 고궁박물관이었다. 그것은 경복궁이라는 공간과 흐름이 이어지도록 기와지붕을 이고 있는 고풍스러운 외관을 하고 있었다.

아담해 보이는 박물관은 외관이 유리로 되어 있어서 실내에서부터 은은한 불빛이 새어나오고 있었다. 아직 관람 시간이 끝나지 않았는지 느긋한 걸음으로 돌아다니는 사람들이 있었다. 그녀는 그곳에 가서 잠시 얼어붙은 몸을 녹이고 목을 축이고 그렇게 조금의 온기나마 얻은 뒤에 다시 사무실로 돌아가야겠다고 마음먹었다.

박물관은 이제 폐관 시간이 다가오고 있었다. 가까스로 박물관에 들어간 그녀는 그 안에 견고하게 고여 있는 적막함에 조금은 마음이 누그러졌다. 바깥세상과는 다르게 그곳은 시간이 더디게만 흘러가는 것처럼 느껴졌다.

그녀는 무언가를 관람하고 싶어서 그곳에 간 것이 아니었다. 그저 어딘가 조용하고 어두운 곳을 찾아가서 앉아 있고 싶었다. 되도록 오랜 시간 누구의 이야기에도 귀 기울이지 않은 채, 더 이상 그 누군가의 고된 삶과 죽고 싶은 욕구에 대해 들어주지 않은 채, 두 귀를 닫은 채, 그저 어딘가에 가만히 앉아 있고 싶었다. 마치 사물처럼 그렇게. 순간 아무런 목적지도 없던 그녀의 눈에 들어온 것이 있었다. 이층으로 올라가는 층계 앞에 세워져 있는 입간판이었다.

그곳에는 '미라 특별전'이라는 글자가 인쇄되어 있었다. 불과 며칠 전에 문경시 산하면 연경리에서 출토된 미라에 관련된 유물들 몇 점이 이층에서 전시되고 있음을 알리고 있었다. 그녀는 포스터 앞까지 걸어갔다. 어둠 속에서 촬영한 듯 흐릿한 몇 점의 사진들이 실려 있었다. 미라에게 입혀져 있었다던 의복들이 눈에 들어왔다. 희미하게 뉘어 있는 미라의 윤곽도 보였다. 아무런 목적 없이, 그저 비와 추위를 피해 이곳에 들어왔던 그녀는 순간 미라의 사진에 강하게 이끌렸다.

이제 누군가의 죽음을 엿본다는 것에는 신물이 났다. 그런데도 자신은 어째서 또 누군가의 죽음을, 누군가의 무덤에서 출토된 물건들을 구경하기 위해 충계를 오르고 있는 것일까. 가학적인 욕망일까. 더욱더 적나라한 죽음을 엿보고 싶은 기묘한 심리일까. 그녀는 어쩐지 갑자기 수백 년간 껴입고 있던 옷을 헐벗어서 너무나 추울 것만 같은 그 죽은 여인을 바로 눈앞에서 바라보고 싶었다. 눈동자는 더 이상 부패하고 없겠지만 할 수만 있다면 그 여인과 오래도록 눈을 마주치고 싶었다.

사람들은 미라가 오래전에 땅속에 파묻힌 사람이라는 사실, 그리고 이제는 그 미라의 연고자가 없다는 사실만으로 아무런 허락도 없이 미라가 입고 있던 수의들을 전부 다 벗겨놓았다. 함부로 관 뚜껑을 열어 들여다보고 그걸로도 모자라 헐벗은 미라를 전시까지 할 예정인가 보았다.

죽음에 대한 호기심 때문이기도 하겠지만, 무엇보다도 그녀는 지금 미라가 느끼고 있을 고독이나 외로움 혹은 추위 따위를 절실하게 공감할 수 있었다. 그녀는 미라 곁에 가고 싶었다. 죽은 자는 아무런 말이 없다. 더 이상 자신에게 매달리며 자신은 죽고 싶다고 속삭이지 않을 터였다. 오히려 지금 그녀가 위로받을 수 있는 대상이 있다면 그건 이미 죽은 지 수백 년이 지난, 자신이 왜 죽었는지 기억조차 가물가물한 미라일지도 모른다는 생각. 그런 터무니없는 생각에 이끌려 그녀는 전시실 앞으로 찾아가고 있었다. 미라의 곁으로 간다는 생각에 충계를 오르는 발끝에 저릿한 흥분감이 스며들었다.

전시실에서 제일 먼저 눈에 들어온 것은 침침한 어둠이었다. 살짝 눈이 멀어버린 것만 같은. 그러나 그녀는 기분이 나쁘지만은 않았다. 이상한 일이었다.

그녀는 이제껏 무언가를 놓치며 살아갈까봐 조바심 내는 사람처럼 두 눈을 부릅뜨며 살아왔다. 가장 두려운 건 눈이 멀어버리는 거였다. 그래서 그녀는 다른 나이를 먹어가는 여자들처럼 아이크림을 눈두덩에 바르지 않았다. 혹시라도 눈이 상할까 봐서 렌즈도 착용하지 않았다. 서른 살이 되었지만 여전히 안경을 쓰고 지냈다. 같이 일하는 동료들은 그녀가 남자를 만나지 못하는 건 순전히 안경 때문이라고 놀려대곤 했다. 그녀는 문득 그들에게서 진심을 느끼고는 했다.

그들은 그렇게 믿고 싶은 것인지도 몰랐다. 저 여자는 왜 몇 년째 같은 자리에 머무는 것 같은지, 저렇게 날마다 절박하게 일에 매달리는데 왜 조금도 나아지는 게 없는 것 같은 건지, 그게 다 자신이 쓰고 다니는 투박한 안경 때문이라고, 그들은 애꿎은 안경 탓을 하는 것이었다. 그렇다고 타인에게 왜 그렇게 우울한 표정을 짓고 다니는 거냐고, 좀 활짝 웃어보라고, 그렇게 지적할 수는 없는 노릇이니까. 그렇게 말하는 것은 너무나 직설적이므로.

그리고 더 이상 아무것도 볼 수 없다는 공포는 그녀가 생각하는 죽음과도 맞닿아 있었다. 그래서 그녀는 키우고 있는 강아지가 다쳤을 때 거금의 돈을 쓰고 수술을 받게 했었다. 강아지는 언젠가부터 그녀가 살고 있는 동네를 돌아다니다가 오곤 했다. 하루 종일 방 안에 있는 게 갑갑해 보여서 잠시 동안 세 들어 살고 있는 주택 앞마당에 풀어놓아준 것이 시작이었다. 그렇게 허용 범위가 자꾸 늘어났다.

그러던 어느 날이었다. 밤늦도록 강아지가 돌아오지 않았다. 그녀는 대문을 열고 밖으로 나가 골목길을 돌아다녔다. 그녀가 살고 있는 동네는 재개발 지구에 묶인 지 오래였지만, 개발의 조짐은 보이지 않는 곳이어서 꺼진 가로등을 아무도 교체하러 오지 않고 있었다. 몹시 추운 날씨 속에서 얼어붙은 경사면을 끝없이 오르고 내렸다. 높은 지대에 다다를 때마다 눈에 보이는 것은 멀리 한강대교에 밝혀져 있는 불빛과 강 건너 어둠에 잠긴 도시의 풍경뿐이었다. 강아지는 어디에도 보이지 않았다.

어느 순간 그녀는 어느 경사면에 죽은 듯 웅크리고 앉아 있는 강아지를 발견했다. 음식 이름을 붙여주면 오래 산다는 말을 듣고 현미라고 이름을 붙여준 강아지였다.

"현미야."

그녀가 어린 아이를 부르듯 불렀을 때였다.

강아지가 어리둥절한 얼굴로 어둠 속에서 그녀를 올려다보았다. 순간 그녀는 그 어둠 속에서 강아지에게 무슨 일이 벌어졌다는 사실을 직감할 수 있었다. 강아지를 끌어안자 옷자락에 피가 묻어났다. 희미하게나마 빛이 있는 길 쪽으로 걸어 나가 강아지를 들여다보았다. 강아지의 한쪽 눈에 피가 고여 있었다.

그길로 그녀는 이십사 시간 동안 운영하는 동물병원에 찾아가 수술비를 지불했다. 병원비가 몇 개월 치 월세분만큼이었다. 의사가 피로한 목소리로 말했다.

"이럴 때는 보통 그냥 눈을 닫아버립니다."

그녀는 고개를 가로젓고 단호하게 말했다.

"안 돼요. 수술해주세요. 꼭 눈이 보이게 해주세요."

그녀는 뒷말은 그냥 속으로 삼켰다. 그거면 된다고, 볼 수만 있다면.

그랬다. 그녀에게 어둠은 곧 죽음을 의미하는 것이었다. 그런데 이상
했다. 어두운 전시실에 들어와서 그녀가 처음으로 느낀 감정은 편안함
이었다. 밤에 잠을 잘 때에도 아주 흐릿한 불빛만큼은 켜두어야 마음
놓고 눈을 감을 수 있는 그녀였다. 이제껏 어둠을 좋아한 적이 없었다.
그런데 이곳 전시실의 어둠에서는 어딘가 부드러운 촉감이 느껴졌다.
마치 무언가를 다치지 않게 하려는 듯. 배려의 차원에서 연출된 어둠
같은 것. 이 어둠은 그저 빛이 사라진 뒤의 어둠과는 달랐다. 아주 낮
은 불빛만을 허락한 공간에서만이 느낄 수 있는 어둠이었다.

전시된 유물들이 관람객들에게 드러나 보일 수 있을 정도로만 밝혀
둔 침침한 불빛. 아주 약간의 불빛과 그 불빛을 꺼뜨리지 않을 만큼
전시실 내부에 가득 차올라 있는 부드러운 어둠. 아무것도 훼손할 의
향이 없어 보이는 어둠에서 그녀는 이상하게도 어떠한 질감이 느껴지
는 것만 같았다. 물에 젖은 모래. 날카로운 면이 모조리 다 깎여나가고
마모된 모래들 속에 손을 파묻고 있을 때와 같은 아늑함.

그런 전시실 안에서 그녀는 아주 느리게 걸어 다녔다. 앞으로 해야
할 일들과 만나야 하는 사람들에 대한 생각조차 잊어버리려고 애쓰면
서. 휴대폰마저 소리를 죽여놓았다. 언제 어느 때건 위급한 사람들이
발생할 수 있기 때문에 일을 시작한 이래로 그녀는 될 수 있으면 휴대

폰을 꺼놓지 않았다. 그러나 지금 이 어둠 속에서만큼은 아주 잠시라
도 그런 사람들에게서 벗어나고 싶었다.

전시실 안에서 그녀는 오래전 궁에 살았던 사람들이 사용했던 작은
생활용품들을 하나씩 일별하며 지나갔다. 이상했다. 지금은 사라지고
없는 사람들인데 그들이 사용했던 빗이나 비녀 그리고 단추 같은 것들
은 여전히 생생하게 이 세상에 남아 있었다. 사람들이 만들고 사용하
던 것이 그들이 죽고 난 뒤에도 이 세상에 남아 있다는 사실이 어딘가
모르게 그녀의 마음을 움직였다.

그 작고 아직까지도 견고해 보이는 물건들을 바라보면서 그녀는 인
간의 삶이 얼마나 순간에 불과한 것인지 이해할 수 있었다. 삶은 옷에
달린 유리 단추보다도 짧고, 자개장 산수문을 이루고 있는 자개들의
빛깔보다도 못한 순간이었다. 그렇지만 그녀를 찾아오는 사람들은 그
마저도 감당하기 어렵다고 말하곤 했다. 그건 그녀도 마찬가지였다. 언
젠가는 끝나버릴 생인데도 그녀는 이 생을 끝까지 살아낼 수 있을지
순간순간 의문스러웠다. 자신도 모르게 가방 끈을 단단히 여미고 걸음
을 옮겨놓다가 그녀는 한 무리의 사람들이 줄을 서서 기다리고 있는
곳을 바라보게 되었다. 아마도 그쪽에서 미라 특별전이 열리고 있는 모
양이었다. 줄 끝에 가서 섰다.

점점 자신의 차례가 다가오고 있었다. 유리 진열장 안에 무엇이 놓
여 있는가는 아직 주변에 머물러 있는 사람들로 가로막혀 보이지 않았
다. 먼저 그녀의 눈에 들어온 것은 진열장 뒤편 벽면에 걸려 있는 거대
한 흑백사진이었다. 실물 크기로 나무관이 인쇄되어 있었다. 막 땅속
에서 끄집어 올렸을 당시의 나무관에는 오랜 시간을 관통한 흔적들이

새겨져 있었다. 깊은 흙 속에 스며든 빗물에 의해 피어난 곰팡이와 벌레들이 파먹은 흔적들.

나무관에 새겨진 흔적들을 눈으로 좇는 사이 어느덧 그녀의 차례가 되었다. 그녀는 진열장 앞에 다가와 있었다. 조명 불빛 아래에는 죽은 여인의 발에 신겨 있던 덧버선이 놓여 있었다. 버선을 가로지르는 바늘땀의 흔적까지도 고스란히 불빛에 되비쳐 보였다. 다음 진열장에는 저고리가 놓여 있었다. 설명서에는 죽은 여인의 몸을 감싸고 있던 숱한 옷들 가운데 한 벌일 뿐이며 당시에 남성들이 입었던 옷이었다고 적혀 있었다. 그녀는 그 사실이 의아해서 여인이 입고 있기에는 조금 컸을 법한 저고리를 눈여겨 바라보았다.

연인의 것이었을까? 그녀는 본래의 빛깔을 알아볼 수 없을 만큼 흙빛으로 퇴색해버린 저고리를 바라보며 궁금해졌다. 어째서 여자 미라에게 남성의 의복들이 겹겹이 덧입혀져 있던 것일까. 거기에 대한 설명은 어디에도 없었다. 저고리의 매듭은 단정하게 매어져 있는 채였다. 마지막으로 그녀가 보게 된 것은 미라의 두 손에 덧씌워져 있었다는 악수였다. 그녀는 잠시 이곳이 어딘지를 잊어버리고는 눈앞의 그것에 몰두하게 되었다.

악수는 죽은 이의 손이 시리지 말라고 산 사람들이 씌워놓은 장갑 같은 것이라는 안내 설명서를 읽었다. 그런데 그녀에게는 그 한 켤레의 악수가 그저 악수로 보이지 않았고, 마치 죽은 여인의 손처럼 여겨졌다. 오랜 시간 어둠 속에 묻혀 있다가 이제야 자신에게 내밀어진 손.

죽음의 손. 자신에게 손짓하고 있는 손. 이제 그만 그곳으로 건너오라고, 이 어둠 속으로 건너오라고, 이 세상에서 무엇을 위해서인지도 모른 채 아등바등하며 살아갈 것 없다고. 그 손을 잡으면 어쩐지 지금의 얼어붙은 자신의 손이 녹아내릴 것만 같았다. 그녀는 속에서부터 울컥 치밀어오르는 눈물을 집어삼키며 자신도 모르게 손을 뻗어 진열장을 매만졌다. 어떻게든 유리를 깨고 죽은 여인의 손을 맞잡고 싶은 간절함으로 그녀의 몸이 보이지 않게 떨리고 있었다.

"유리에 손을 대시면 안 됩니다."

순간 그녀는 멈칫했다. 등 뒤에서 누군가가 자신을 향해 그렇게 낮게 경고의 말을 하고 있었기 때문이었다. 그녀는 진열장을 매만지고 있던 손을 황급히 떼어내어 한쪽 주머니 안에 깊숙이 찔러 넣었다. 그러고는 짐짓 아무렇지 않은 표정으로 사람들의 행렬을 따라 서서히 악수가 놓여 있던 진열장으로부터 멀어져 갔다. 그러나 가슴 깊은 곳에서는 여전히 조금 전 자신을 사로잡았던 미라의 악수, 아니 죽음이 내민 것만 같은 그 손을 잡고 싶은 마음이 간절하게 요동치고 있었다.

발걸음을 옮기면서도 여전히 그녀는 다시 돌아가 자신을 향해 전해져 오던 그 알 수 없는 감정에 자신을 내맡겨보고 싶었다. 마음과는 달리 점점 빠르게 걷고 있는 그녀를 누군가 소리쳐 불렀다.

"저기요."

아마도 주의를 주었던 그 사람인 것 같았다. 걸음을 멈추고 그녀는 뒤돌아섰다. 남자는 박물관 연구실에서 근무하는 사람인 듯 하얀 가운 차림이었고 오랜 나날 제대로 잠을 이룬 적 없는 듯 피로해 보였다. 그녀는 얼른 시선을 피하려 했으나 어쩐지 그의 시선이 자신을 붙잡고 놓아주지 않는 느낌이었다.

잠시 머뭇거리던 남자는 잊고 있던 무언가를 그제야 생각해낸 듯 손을 가운 주머니에 찔러 넣으며 걸어왔다. 가까이 다가온 남자는 그저 말없이 가운 주머니에서 무언가를 꺼내 내밀며 말했다.

"오해하지 마십시오. 조심해달라고 부탁드렸던 것뿐입니다. 이 팸플릿에 적혀 있는 날짜에 맞추어 오시면 더 많은 것을 보실 수 있을 겁니다."

남자는 덥수룩하게 자란 머리에 아무것도 바르지 않았고, 남자치고 유난히 얇은 입술이 매사에 까다롭고 예민할 것 같은 인상이었다. 그런 얇은 입술을 움직이며 흘러나오는 남자의 목소리는 박물관 내의 공기만큼이나 건조하게 퍼석거렸다. 또 하얀 가운 가슴께에 새겨진 '정안' 두 글자의 이름 사이가 무척이나 멀어 보였다. 남자는 그녀가 얼떨결에 팸플릿을 받아들자 더는 할 얘기가 없다는 듯 바로 등을 돌려 떠나갔다. 그녀는 남자가 사무적으로 내민 팸플릿을 가방 깊숙이 넣어버리고는 더 이상 지체 없이 전시실을 빠져나갔다.

그녀는 박물관의 육중한 유리문을 밀어젖히고 밖으로 나갔다. 그 사이 비는 그치지 않고 오히려 더 거세어져 있었다. 그녀는 박물관의 지붕 아래 몸서리치며 수 분간 더 그대로 멈추어 서 있었다.

그때까지만 하더라도 그녀는 방금 전에 만났던 남자에게 스스로 전화를 걸게 될 것이라고는 상상조차 못했다. 정말로 그녀 앞에 벌어질 일들에 대하여 아무런 짐작조차 하지 못한 채 당분간 그칠 것 같지 않아 보이는 빗줄기를 바라보고 있을 뿐이었다.

　그는 목재로 된 부처의 결락된 어깨 부분을 조심스럽게 재현하고 있는 중이었다. 입상으로 제작된 나무부처는 어깨가 삭아 내리고 있었다. 발등의 일부와 부처가 손가락으로 쥐고 있는 염주알들은 마치 타들어가는 것처럼 거무스름하게 변색되어가고 있었다.

　부처상에 도금이 벗겨지면서 산소와 접촉한 부위부터 산화가 진행된 것일 터였다. 그는 찹쌀풀과 점토 그리고 목탄분을 개서 결락된 부처의 어깨 부위에 발랐다. 아직은 온전하게 남아 있는 다른 쪽 어깨의 곡선을 촬영하여 복구 중인 나머지 한쪽 어깨도 최대한 그 형태와 비슷하게 재현하려고 애썼다. 오랜 시간이 흘렀다. 어느덧 그의 앞에 서 있는 부처는 다시금 원래의 형태로 돌아가 있었다.

　그가 복원한 부위들은 나머지 부분들과는 다르게 짙은 빛깔을 띠고 있었다. 어떤 보존과학자들은 그렇게 새롭게 재현한 부분이 눈에 드러나는 것을 실패한 복원이라고 여기기도 했다. 그들은 복원의 의미를 원래의 형태 그대로를 보여주는 것에서 찾았다. 그러므로 그들은 어떻게든 복원한 흔적을 남기지 않으려 궁리했다.

　그러나 그는 달랐다. 그에게 복원이란 유물의 수명을 조금이나마 더욱 늘릴 수 있도록 하는 것이었다. 그랬기 때문에 그는 부서진 유물들을 다시 살려내는 작업을 할 때에도 정말 최소한의 재료만을 사용하려고 했다. 최대한 유물에 덧붙이게 되는 접착제나 도금 처리에 쓰이는 약품들을 절제하려고 애썼다. 유물에 무리를 가하지 않기 위해서였다. 그러한 행위는 결국 유물의 수명을 줄인다.

그는 마지막으로 부처의 어깨 부위에 옻칠을 하다 말고 멈칫했다. 이상하게도 얼마 전 자신이 미라 전시장에서 마주쳤던 한 여자가 떠올라서였다. 여자의 머리카락과 스웨터는 비에 흠뻑 젖어 옻칠을 한 것처럼 어두워져 있었다. 또한 평소 자세가 좋지 않은지 어깨가 한쪽으로 잘 티 나지 않을 만큼 기울어 있었다. 오랜 시간 유물의 훼손 정도를 면밀하게 살펴보아온 그의 눈에는 그런 신체의 비틀림 따위가 기민하게 눈에 들어왔다.

여자를 보았던 그날 그는 미라 특별전에 전시 중인 유물들의 상태를 재점검하러 전시실에 방문했던 차였다. 보통은 관람객들이 모두 전시실을 떠나고 난 뒤에야 이루어지는 점검이었지만, 이번 경우는 조금 달랐다. 박물관 전시팀이 연구팀과는 별다른 소통 없이 너무나 앞당겨서 전시 일정을 잡는 바람에 유물 보강처리를 급하게 한 감이 없지 않았다. 아무래도 마음이 쓰였다.

더군다나 죽은 자를 감싸고 있던 직물은 공기 중에 섣부르게 노출이 되었을 경우 뜻하지 않게 상태가 급변하는 경우가 종종 있었다. 그러므로 그는 직물로 이루어진 저고리나 악수가 전시된 진열장에 습도와 공기 성분 등을 점검해야만 했다. 연구실이 있는 삼층에서 이층 전시실까지 내려갔을 때였다. 죽음은 사람들의 호기심을 끌어당기기에 충분한 소재였던지 미라전을 보기 위해 줄지어 서 있는 사람들이 눈에 띄었다.

그는 늘어서 있는 사람들의 얼굴을 흘끗 바라보았다. 그들은 하나같이 휴대폰을 검색하고 있거나 일행과 가벼운 잡담을 나누며 웃어대고 있었다. 어떤 사람들은 관람이 끝나고 돌아가는 길에 함께 먹을 저녁 식사 메뉴 선정에 대하여 의논하고 있었다. 죽음을 한낱 시간을 때우는 구경거리 정도로 생각하고 있는 듯한 그 무리들에게 조소를 보내며 그는 유물의 상태를 점검하러 진열장 앞으로 다가갔다.

아직까지 잘 버텨주고 있는 유물들의 상태를 확인하고 다시 연구실로 발길을 돌릴 때였다. 그는 걸음을 멈추었다. 진열장 앞에 서 있는 한 여자의 몸짓이 눈에 거슬렸기 때문이었다. 여자는 한눈에도 이상해 보일 만큼 너무나 절박하게 진열장을 향해 몸을 기울이고 있었다.

악수에 지나치리만큼 빠져서 들여다보고 있는 여자는 온몸이 비에 젖은 상태였다. 무신경하게 기른 머리카락이 비에 젖어 납작해져 있고, 스웨터도 진한 잿빛을 띠고 있었다. 게다가 여자의 한쪽 어깨가 미세하게 기울어져 있었다. 아마도 한쪽 발에 더욱 힘을 주고 서 있어버릇하는 습관이 여자의 신체를 그렇게 다소 비틀어놓은 것처럼 보였다.

그는 애초에 사람에게는 관심을 두고 살지 않았다. 그가 눈여겨 바라보는 것은 흙 속에 묻혀 있다가 막 건져 올라온 유물들뿐이었다. 머리와 꼬리가 부서진 채 저수지 속에서 건져 올려진 청동 용이나 임진왜란 때 왜인들에 의해 머리만 부서진 석불상 혹은 녹이 표면을 잠식해 들어가는 청동 병(病)에 걸려 도무지 회생이 불가능해 보이는 청동 화병들…… 그러니까 어딘가 시간의 흐름에 따라 균열이 가고 훼손된 것들. 그의 손에 의해 봉합되고 틈새가 메워지고 특수 약품을 덧발라야 가까스로 본래의 형태를 되찾을 수 있는 그런 것들…… 수백 년의 시간이 소리 없이 서서히 망가뜨려놓은 것들.

그는 태어날 때부터 유독 자신에게만 빠르게 흘러가고 있는, 시간과 사투를 벌이려는 듯 시간이 무너뜨려놓은 것들에 매달리곤 했다. 그리하여 기어이 시간의 흐름을 거스르기 위해 면봉이나 수술용 메스로 녹의 찌꺼기들을 닦아내고 그것들을 특수 약품에 침수시켰다가 말리기를 여러 번 해가면서 본래의 모습으로 되살려내곤 했다. 그렇게 그는 시간의 흔적을 지워내는 데 자신에게 얼마 남지 않은 시간을 쏟아붓는 중이었다.

서른네 살이 되도록 그는 단 한순간도 사람에게 관심을 가져본 적이 없었다. 그런데 그의 시선이 유리벽 앞에 서 있는 한 여자에게 가 닿아 있었다. 그도 의식하지 못할 만큼 아주 짧은 수 초간의 시간일 뿐이었다. 그렇다. 아주 짧은 시간이었지만 그는 그 여자에게서 시선을 떼지 못했다. 그의 시선은 마치 시간에 의해 훼손된 유물들을 바라볼 때처럼 긴장감과 설렘으로 떨리고 있었다. 여자는 어딘가 이상하고 몹시 위태로워 보였다.

여자는 자신이 어디에 있는지조차 망각한 사람처럼, 아니 어딘가에 홀린 사람처럼 손을 뻗어 올리더니 악수를 향해 진열장의 유리를 손으로 매만졌다. 그는 순간 자신도 모르게 여자에게 말을 걸었다.

"유리에 손을 대시면 안 됩니다."

그가 듣기에도 너무 나지막하고 싸늘한 목소리였다. 마치 흙 속에 오랜 시간 묻혀 있던 도자기 속에서부터 울려나온 듯이. 그는 당황했다. 사실 자신이 말하려던 것은 그런 게 아니었으므로. 그는 여자에게 묻고 싶었다. 죽은 여인의 악수에서 방금 무엇을 보고 있었던 것인지. 왜 그토록 절박하게 무언가를 갈구하는 표정을 짓고 있었는지. 여자는 그의 목소리를 듣자마자 일시에 유리에서 자신의 손을 떼어냈다. 그러고는 방금 자신에게 말을 건넨 사람의 얼굴을 확인하려는 듯 주위를 두리번댔다.

그러나 막상 그와 눈이 마주친 그녀는 그의 시선을 피하려는 듯 뒤돌아섰다. 그러고는 그대로 걸어 나가기 시작했다. 어쩐지 그는 여자를 그대로 보내서는 안 될 것 같다는 예감이 들었다. 그러나 머뭇거렸다. 더 이상 나서는 것은 자신답지 않은 짓이라고 생각하며 스스로를 자제하고자 했다. 그렇지만 어쩐 일일까. 그는 자신도 모르게 걸음을 옮겨 어둠 속에서 빠져나왔다. 그러고는 달아나듯 걸어가고 있는 여자를 향해 다가갔다.

뒤따라가며 바라본 여자는 확실히 어딘가 아픈 사람처럼 보였다. 그녀는 나름 이곳을 빠르게 벗어나고자 걸어가고 있었으나 그러기에 그녀의 발걸음은 무거워 보였다. 그는 생각했다. 만일 여자의 몸을 향해 X선을 투과한다면 훤히 드러난 여자의 몸속에는 선명하게 균열이 가 있을 것만 같다고. 검은 녹이 표면을 뒤덮고 난 뒤 걷잡을 수 없이 부식되는 청동처럼. 여자는 녹에 잠식해 들어가고 있는 존재인 듯 보였다. 이제 곧 스스로를 알아보기 어려울 만큼 자신을 상실해가고 있을지도 몰랐다.

"저기요."

그는 다급하게 여자를 불러 세웠다. 잠시 멈추어 있던 여자가 그를 향해 몸을 돌렸다. 그러나 막상 여자를 불러놓고 그는 무슨 말을 해야 할지 막막해졌다. 여자를 쫓아오기는 했으나 얼굴을 마주하자 아무런 말도 할 수가 없었다. 다시 한번 그러지 말라고 주의를 주는 것도 우습고, 잘 가라고 인사를 할 수도 없었다. 그렇다고 사실대로 이야기할 수는 없는 노릇이었다. 나는 방금 당신의 얼굴에서 위태로움을 보았다고, 당신이라는 존재가 퇴색되어가고 있음을 감지한 것 같다고, 그래서 당신을 부르게 되었다고, 직업상 자연스럽게 병든 유물에 손이 가듯, 당신에게 이끌린 것뿐이라고. 여자가 빤히 자신을 바라보고 있는 시선에 어떻게 대응해야 할지 몰라 주저하던 그는 마침 다행스럽게도 가운 주머니에 넣어두었던 팸플릿이 떠올랐다. 그는 여자에게 다가가 팸플릿을 건네주었다.

얼마 뒤 박물관에서 열릴 본격적인 미라 특별전에 대한 안내장이었다. 아직 관람객들에게는 배부되지 않은 채 전시팀의 사무실에만 쌓여 있던, 인쇄소에서 당일 아침에 갓 배달되어 온 팸플릿이었다. 낮에 전시팀 사무실에 들렀다가 생각 없이 주워온 것이었다.

그는 생전 처음으로 낯선 자에게 호의를 베푸는 척 여자에게 말을 건넸다. 미라에 관심이 있다면 이 전시회에 와보라고. 그가 그렇게 말하자 여자는 그제야 얼굴에 역력하게 드러나 있던 두려움을 어느 정도 누그러뜨리며 고개를 끄덕였다. 여자가 떠나가고 난 뒤에도 그는 얼마간 그대로 멈추어 서 있었다. 아마도 여자는 다시는 오지 않을 것 같았다. 아니 얼마 버티지 못하고 시간의 집요함에 함락되어버릴지도 모른다는 예감이 들었다.

그는 이상한 상상에 사로잡혀 있었다. 그의 눈앞에 여자의 벌거벗은 몸이 보였다. 그는 상상 속에서 여자에게 떨리는 손으로 X선을 비추었다. 여자의 가슴에는 푸른 녹이 피어나 있고, 움푹 팬 아랫배에는 거뭇

하게 곰팡이가 슬어 있었다. 여자가 서서히 돌아섰다. 그는 소스라쳤
다. 여자의 등은 나무부처의 등처럼 도금이 벗겨진 지 오래였다. 산소
와 접촉된 부위부터 산화되어 거무스름하게 타들어가 있었다. 그런 여
자의 몸속에서 나무부처를 갉아먹으며 섭생하는 흰개미들이 기어나
오고 있었다. 학예사들이 사자(死者)라고 부르는 지독한 흰개미 떼였
다. 그는 아찔한 먹먹함에 눈을 감았다.

2장

나무의 시간

정안에게 세상은 유기물과 무기물로 구분되었다. 출토된 문화재들은 돌이나 광물 등으로 이루어진 무기물과 가죽의 짐승이나 나무 혹은 조개껍데기처럼 살아 있던 것으로 만든 유기물로 나뉘었다.

아무래도 유기물은 빛과 온도 변화에 더 민감했다. 본래 살아 있던 것들이라 그런지 부식 속도 또한 빨랐다. 치열하게 살았던 것일수록 시간의 공격 앞에서는 더욱 무력하게 소멸되었다.

그는 문화재를 복원하고 보존하는 일에 매달리면서 이 세상에 존재하는 모든 것들에게 시간이 동일하게 흐르는 것은 아니라는 사실을 알게 되었다. 금속이나 돌처럼 물성이 본래 차갑고 단단한 것들은 그만큼 시간이 파고들 틈을 쉽게 내주지 않는다. 그러나 생명을 지녔던 닥나무를 원료로 한 종이나 비단, 모시, 삼베 등의 부드러운 것들은 너무나 쉽사리 자신의 틈새를 열고 시간을 흡수한다. 결과는 처참하다. 본래의 치열하고 매혹적이었던 빛깔은 빠르게 제 빛을 잃고 퇴색해버린다. 뿐만 아니라 부후균이나 벌레에 의한 공격까지 받는다.

따라서 그는 지금처럼 유기물로 이루어진 문화재를 대할 때면 어느 때보다도 신경이 날카로워졌다. 우선 작업에 들어가기에 앞서 청결하게 손을 씻었다. 소독약까지 발라 혹시라도 자신의 몸에서 문화재로 옮아갈 세균들의 번식을 차단하고자 했다. 장갑은 아주 부드러운 소재의 것만 착용했다. 문화재에 흠집을 낼 수 있기 때문이었다.

그러고 보면 그가 생각하기에 보존처리 작업은 의사가 환자를 수술하는 것과 유사한 맥락에 놓여 있었다. 의사가 환자의 환부를 도려내고, 다시 새살이 돋게 하는 것처럼. 그리하여 환자가 끝내 부패하여 생을 마감하지 않을 수 있도록 돕는 것과 같이. 보존과학자 역시 문화재에 침투한 습기나 병충해를 잡아낸다. 혹은 빛이 손상시킨 흔적을 도려낸다.

그래서인지 사용하는 도구 또한 의사들의 도구와 유사하다. 수술용 메스와 약품 처리를 할 때 사용하는 바늘이 긴 주사기. 사람들의 내부를 들여다볼 때 촬영하는 X선 역시 보존처리 과정에서 자주 사용하는 도구 중 하나이다.

지금 그의 앞에 놓여 있는 것은 경상남도 창원시의 어느 저수지에서 낚시꾼에 의해 발견된 동검이다. 칼집을 이루고 있는 것은 청동이었기 때문에 그는 처음에는 칼 또한 청동으로 이루어졌을 거라고 짐작했다. 그러나 훼손을 우려하여 바로 나무칼집에서 칼을 분리하지 않고 X

선을 비추어본 결과 칼은 대나무로 제작되었음이 밝혀졌다.

그랬기에 그는 더욱 예민하게 작업에 착수했다. 청동으로 도금된 칼의 표면은 이상이 없어 보이더라도 도금에 감싸여 있는 나무는 병충해의 습격을 받았을 가능성이 있기 때문이었다. 그러나 칼집에서 칼을 조심스레 분리한 뒤 면밀하게 검사한 결과 다행스럽게도 미생물이 갉아먹었거나 알을 낳은 흔적은 발견되지 않았다. 다만 저수지에서 출토되었던 것이기 때문에 나무의 결마다 수분이 차올라 있는 게 문제였다.

나무에 차오른 수분은 나무가 살아 있는 동안에는 생명을 꺼지지 않게 하는 동력이었을 테지만 나무가 죽고 난 뒤에는 다르다. 영하의 추위 속에서 나무의 결에 스며들어 있던 수분이 얼어붙어 부피가 팽창되면서 나무는 갈라진다. 마치 사람을 죽음에 이르게 하는 나쁜 피처럼. 그러므로 그는 나무에 차올라 있는 수분을 서서히 수크로오스 저농도 수용액으로 치환하는 작업을 한 뒤에 재빨리 동결건조를 시키는 작업에 돌입했다.

*

그는 지난하고도 긴장된 작업을 마친 뒤에 잠시 눈을 감았다. 그러나 눈꺼풀에 미세한 경련이 멎지 않았다. 요즘 들어 몸이 급격하게 쇠약해지고 있었다.

그는 얼마 전 구내식당에서 점심 식사를 하다가 말없이 입속에서 빠져나온 치아를 수습해야 했다. 함께 밥을 먹고 있던 동료들이 눈치챌까봐 그는 재바른 손놀림으로 어금니를 티슈에 말아 가운 주머니에 넣었다. 식사를 마친 뒤에 그는 연구실 자리로 돌아와 서랍 깊은 곳에 치아를 밀어 넣었다. 벌써 이번 달 들어서 두 번이나 치아가 빠진 것이었다.

게다가 올해 안경도 두 번 바꾸었다. 시력 또한 급격히 저하되고 있기 때문이다. 그가 사는 동네 안경점 사내는 말이 많았고 참견이 심했다. 사내는 건강에 대한 조언들을 쏟아냈다. 견과류를 먹어라, 고등어를 먹어라, 저녁 한 끼는 밥 대신 콩류를 섭취하고 되도록 술은 삼가야 한다.

그는 그렇게 말하는 사내에게 조소를 띤 목소리로 나지막하게 읊조리고 싶었다. 그래봐야 나는 이미 빠르게 죽어가고 있습니다. 샤워를 할 때마다 머리카락이 지나치게 빠져나와 하수구 구멍을 틀어막고, 윗옷을 벗을 때마다 고요히 살비듬이 떨어져 바닥에 가라앉습니다. 눈은 흐릿해져가고, 간혹 폐를 날카로운 무언가 찔러 들어오는 통증이 저를 꼼짝 못하게 만들곤 합니다.

그렇지만 그는 그럴 수가 없었다. 그의 안경은 사내의 손에 들어가 있었고 그는 마치 장님처럼 안경점의 한구석에 마련된 낡은 소파에 처박히듯 앉아 있었기 때문이었다. 그가 앉은 자리의 뒤편 유리창에서 환한 빛이 투과되어 들어오고 있었다. 눈이 부셨다. 환한 빛이 어색했다.

그는 대낮에 외출해버릇하지 않았다. 밝은 빛이 내리쬐고 사람들의 소음과 먼지로 가득한 길거리로 나가는 것을 주저해왔기 때문이었다. 그런 밝은 시간대에 그는 주로 어두운 박물관의 연구실에 틀어박혀 있다시피 했다. 점심시간만 되면 박물관 바깥 식당을 찾아 몰려나가는 직원들이 제법 있었다. 그들과 달리 그는 단 한 번도 점심을 먹으려 박물관을 벗어난 적이 없었다. 언제나 구내식당에서 해결하는 편이었다.

휴가철이 돌아와도 그는 여행을 가지 않았다. 반면 동료들은 그즈음이 되면 그 순간만을 기다려왔다는 듯 흥분감에 들떠 있곤 했다. 그들은 휴가 때 발리, 그리스 또는 마추픽추로 떠났고, 정안의 서랍에는 그들이 여행에서 사다준 쿠키, 차, 볼펜 등이 쌓여가고 있었다. 그들과 달리 그는 창문마다 암막커튼이 쳐져 있는 집에서 휴가를 보냈다. 방 안에는 공기청정기가 작동을 멈추는 법이 없었고, 비가 내리는 날이면 제습기를 가동했다. 그가 방 안에 머무르고 있을 때에도 방은 적막했다. 그래서 자동으로 바닥을 청소하는 로봇 청소기가 간혹 문턱에 걸릴 때마다 드르륵대는 소리가 제법 크게 들려왔다. 뿐만 아니라 그는 매주 한 번씩 세탁소에 이불을 맡겨 진드기 살균제를 잔뜩 도포한 뒤에야 비로소 안심하고 덮고 잘 수 있었다. 그렇게 그는 시간과의 사투를 벌이기 위해 노력해왔다. 자신이 얼마나 시간의 흐름에 취약한 존재인지 잘 알고 있기 때문이었다.

되도록 어떠한 스트레스도 받지 않기 위해서 그는 사람들과의 관계도 멀리해왔다. 아주 어린 시절부터 알고 있었다. 사람은 결국 사람에 의해서 상처를 받게 된다는 것을. 그러면서도 끝없이 사람들은 그 사실을 망각하고 외로움을 견디지 못한다는 이유로 또다시 사람을 찾아 나선다는 사실을. 그는 그런 사람들이 상처 받은 표정을 짓고 있는 모습을 조용히 조소할 뿐이었다. 솔직히 그들은 남아도는 시간을 주체하지 못해 시간을 낭비하고자 작정한 것 같았다. 자처하여 상처 받기 위해 타인에게 다가가는 것이다.

그는 지나치게 참견하는 안경점 사내의 잔소리에 무방비했다. 그는 오랜만에 창문을 통해 여과 없이 쏟아져 들어오는 빛에 노출되어 있었기에 두려웠다. 빛에 빠르게 변색되어버리는 직물이나 타버리곤 하는 먹 글자들이 떠올랐다. 자신 역시 빛에 의해 눈은 더욱더 멀게 되고 기억조차 타버릴 것만 같았다. 이마에서 식은땀이 흘러내렸다.

그는 근처 낮은 탁자 위에 사탕 바구니를 노려보았다. 색색의 알루미늄 사탕 껍데기들이 빛을 반사하여 그의 눈을 아릿하게 찔러왔다. 어딘가에 지지 않으려는 듯 한곳을 노려보고 있던 시선이 잠시 불안정하게 흔들렸다. 바깥에서 한 무리의 아이들이 웃음을 터뜨리는 소리가 들려왔다. 그는 무표정한 얼굴로 두 귀를 바짝 세우고 아이들이 지나갈 때까지 웃음소리에 귀 기울이고 있었다. 아이들은 교사의 인솔에 따라 어딘가로 견학을 가는 모양이었다. 통제가 잘 되지 않는지 아이들을 향한 교사의 목소리는 계속해서 높아만 지고 있었다.

한바탕 소란이 가라앉고 난 뒤에도 그는 바깥세상을 향해 자신도 모르게 귀를 기울이고 있었다. 드디어 불편했던 시간이 지나가고 새 안경이 나왔다. 그는 사내에게 안경을 받아 쓰고 값을 지불한 뒤 지체 없이 그곳을 빠져나오기 위해 걸음을 서둘렀다. 그가 문을 닫고 나오기 직전 사내는 또다시 그에게 충고를 했다. 병원에도 꼭 가보라는 거였다. 어린아이도 아니고 성인이 불과 몇 개월 만에 시력이 그토록 급격히 저하되는 일은 흔치 않다는 것이었다. 그는 잠시 문손잡이를 붙잡고 멈추어 있다가 뒤돌아보지 않고 그곳을 빠져나왔다.

또다시 안경을 맞추게 되었을 때 그는 이번에는 다른 안경점을 찾아갔다. 지난번 안경점과는 다르게 번화가에 위치하고 있는 안경점의 내부에는 동일한 유니폼을 입은 직원들이 적당히 절제된 친절함으로 그를 응대했다. 벽면에 요즘 유행하는 아이돌 사진들이 부착되어 있는 그곳에서는 그에게 건강을 챙기라는 충고 따위 하지 않았다. 그런 곳이라면 그의 시력이 앞으로 눈에 띄게 급격히 떨어진다 하더라도 별다른 관심을 보이지 않을 것 같았다.

그는 타인과의 그런 적당한 거리감이 확보되어 있는 상태에서만이 마음이 놓였다. 자신에게 그 이상 다가오려는 사람들을 그는 경계의 대상으로 분류했다. 요령껏 자신의 삶에서 그들을 밀어냈다. 그마저도 어려운 경우에는 자신이 슬그머니 다른 곳으로 피해 가곤 했다.

*

엄마가 죽고 난 뒤에 아버지는 더 이상 그를 보려 하지 않았다. 아버지는 그를 집에서 멀리 떨어진 외할머니 집에 맡겼다. 처음에 아버지는 매주 주말마다 그를 보러 왔다. 그렇지만 어느 순간부터 보름에 한 번, 한 달에 한 번, 그러다가 일 년에 한 번, 어느 날부터는 아예 그를 보러 오지 않았다. 간단히 그에게 안부 전화만 해왔다. 그에게는 아버지와 통화를 나누었던 저녁 무렵의 기억이 남아 있었다. 아버지가 그에게 물어오는 말들은 언제나 형식적이었고 그 역시 끝없이 예 아니오, 로만 답변하곤 했다.

아버지는 아내를 허망하게 잃고 난 뒤에 더 이상 상처 받지 않는 법을 스스로 터득한 듯했다. 그래서인지 아버지는 그에게도 아내의 유전자가 있다는 사실을 확인한 다음부터는 그의 머리를 쓰다듬거나 목욕탕에 데려가지 않았다. 함께 야구 경기를 보러 가지 않았고 예전처럼 그에게 화를 내거나 반성문을 쓰게 하는 일도 없었다. 아들과의 접촉을 최대한 자제하는 것 같았다. 어쩌다가 외할머니 집에 찾아와서도 그를 뚫어져라 바라보다가 눈이 마주치면 이내 시선을 돌리곤 했다.

외할머니도 마찬가지였다. 그에게 필요 이상으로 말을 걸어오거나 깊이 간섭하지 않았다. 집 안에서 그를 밀어내지 않는 것은 엄마 방에 남아 있던 유품들뿐이었다. 엄마 방에 들어가면 눈이 마주칠 때마다 싸늘한 표정을 짓는 할머니의 시선에서 자유로워져 편안했다. 날마다 집 안 곳곳을 쓸고 닦고 부지런히 움직이면서도 할머니는 좀체 엄마 방을 여는 법이 없었다. 방문은 언제나 굳게 닫혀 있었고, 덕분에 그 혼자 온전히 누릴 수 있는 자유로운 공간이 되었다.

엄마 방 벽에는 그림들이 붙어 있었다. 언젠가 엄마가 스케치북을 들고 나가 밖에서 그렸을 것들이었다. 산속에 이파리가 떨어져나간 나무들이나 무덤들 혹은 상한 열매를 그린 그림들이었다. 자신의 발을 그린 그림도 있었다. 발을 그리고는 검은색과 황토색 그리고 오렌지색을 뒤섞어 명암 처리를 해놓은 것을 그는 유심히 살펴보았다. 엄마의 그림 속에는 개미떼들이 파먹다 남긴 나비의 사체, 나선형의 껍데기가 부서진 달팽이 따위도 있었다. 그는 벽에 걸린 그림들을 시간이 가는 줄 모르고 오래도록 바라보곤 했다.

엄마의 그림 속에 온전한 것들은 없었다. 어딘가 망가지고 주변과 어울리지 않거나 혹은 목숨이 떠나간 껍데기들이었다. 그럼에도 저마다 지나치게 화려한 색감을 덧입고 있었다. 그 기묘한 어긋남 때문에 그는 엄마의 그림에서 눈을 떼지 못하곤 했었다.

그는 어둠 속에서 옷장 문을 열고 엄마가 어릴 때 입었던 스웨터와 교복 들을 매만져보기도 했다. 그것들에게서 맡아지는 미세한 곰팡내를 그는 엄마 냄새라고 여겼다. 옷장 문을 열고 어둠 속에서 코를 큼큼거리며 엄마의 체취를 더욱 느끼고자 애쓰곤 했다. 엄마가 사용하던 책상 서랍들을 열어보기도 했다. 엄마가 과제를 할 때 사용했을 연필들과 수채화용 물감들이 남아 있었다.

연필의 흑심들은 엄마가 마지막 사용했던 때의 그대로 마모가 멈추어 있었고, 물감은 끝에서부터 말린 채 굳어 있었다. 엄마는 죽고 없었지만 사용하던 물건들은 그대로 서랍 속에 남아 있었다. 그는 시간이 정지되어버린 듯 서랍 속에 고스란히 남아 있는 물건들을 들여다보며 묘한 흥분감에 사로잡히곤 했다. 가만히 손을 뻗어 몽당연필과 바짝 마른 붓 따위를 쓸어보았다. 방금 전까지 엄마가 그것을 사용했던 것처럼 엄마의 체온이 전해져 오는 것만 같았다.

*

외할머니가 죽고 난 뒤에 그는 아버지를 찾아갔었다. 아버지는 이미 그를 잊은 듯 낯선 시선으로 그를 바라보았다. 아버지가 새롭게 일군 가족들도 그를 그렇게 보았다. 그들은 동일한 시간의 흐름 속에서 살아가는 진정한 가족으로 보였다.

그들은 저녁이 되면 한자리에 모여 식사를 했다. 그날 있었던 일을 자연스럽게 서로에게 전했다. 서로를 꾸짖기도 격려하기도 했다. 가끔은 다투기도 했다. 그렇지만 텔레비전 앞에 모여서는 언제 다투었냐는 듯 동시에 웃어댔다. 그들은 거의 비슷한 시간에 잠들었다. 그들 사이에는 단단한 결속력이 있었다. 오랜 시간 함께 같은 것을 먹고 동일한 생활 습관을 공유한 자들을 감싸고 있는 시간의 더께 같은 것이 그를 밀어냈다. 그는 그들과 같은 공간에 있었지만, 같은 시간의 흐름 속에 머물러 있는 것은 아니라는 생각이 들었다. 그러던 어느 날이었다. 저녁을 먹다가 막내 아이가 그에게 물어왔다. 아이는 그를 형이라 불렀다.

"형은 이제 곧 죽어?"

그러자 아이의 엄마인 여자가 아이를 꾸짖었다. 아이는 울었다. 그는 아이가 울음을 그칠 때까지 기다리고 있다가 답해주었다. 그의 입에서 괜찮은 형이 말하듯 친절한 목소리가 흘러나왔다.

"어. 내 몸에는 나를 오래 살지 못하게 하는 나쁜 피가 흐르고 있거든."

그들의 식탁이 일순 고요해졌다. 아버지가 숟가락을 내려놓았다. 그러자 아버지의 새로운 아내도 수저를 내려놓았다. 아이들도 따라 했다. 그만 혼자 끝까지 식탁에 남아 밥을 먹었다. 목이 터져라 입안에 밥을 욱여넣고 그는 방으로 돌아왔다. 문을 닫고 생각했다. 엄마의 방으로 돌아가고 싶다고. 이제는 아무도 살고 있지 않은 엄마의 집으로 가서 혼자 지내고 싶었다.
엄마의 목소리가 들려오는 것만 같았다.

"우리 같은 사람들은 전 세계에서 아주 소수란다. 그러니까 너는 태어날 때부터 특별한 사람이었던 거야."

엄마는 그렇게 말하며 그의 머리를 쓰다듬어주곤 했었다. 그럴 때면 그는 백과사전에서 보았던 희귀한 생물체들을 떠올렸다. 누군가 목격했다는 인어나 뿔이 자란다는 말, 그는 자신이 그런 특별한 존재가 된 것만 같아 묘하게 설렜다.

마지막으로 엄마가 그렇게 말했을 때 엄마는 이미 머리가 하얗게 새서 파란 털모자를 쓰고 있었다. 몸이 너무 말라서 옷을 걸치면 저절로 흘러내렸다. 그러면 엄마는 한 손으로 옷을 추어올리며 그를 향해 환히 웃었다. 그는 그때마다 확신을 가졌다. 자신이 지구상에 특별한 사람이라는 사실에 대하여.

그렇지만 이제 그를 바라보며 웃는 엄마는 사라졌다. 특별한 사람답게 아주 일찍 죽음의 세계로 떠났다. 그는 혼자 이 세상에 남았다. 그는 때때로 전 세계 어딘가에 흩어져 있을 자신과 같은 존재들을 만나보고 싶다고 생각하곤 했다. 그들과 만나 대화를 나누어보고 싶었다.

죽음 뒤의 세계란 어떤 색채일지. 그때도 우리는 웃을 수 있는지. 그 세계에서도 사람들이 달리기를 할지. 뜀뛰기는? 그곳에서도 우리는 부드러움을 이해하고 지금처럼 각자 다른 목소리를 낼 수 있는지. 죽음 뒤의 세계에도 달콤한 것들과 신 것들 혹은 푸른 색채를 띤 것들이 존재하는지. 음지식물과 양치류 같은 것이, 돌과 새가, 또한 대화나 내일과 어둠이라는 개념이 남아 있는지. 그곳에도 시간이 흐르고 있을지. 그렇다면 그곳에서도 시간의 흐름에 따라 기후가 변해갈지. 여름에서 겨울로 겨울에서 다시 봄으로.

그는 어느 날 저녁 아버지가 새롭게 이룬 가족과 살고 있는 집을 떠
나왔다. 마침 아무도 돌아오지 않고 있었다. 그는 얼마 되지 않는 짐을
꾸리고 난 뒤에 잠시 보름 동안 지낸 방을 둘러보았다. 마침 찢긴 방충
망 틈새를 비집고 들어온 하루살이 떼들이 형광등 불빛 아래 몰려들
고 있었다. 하루밖에 살지 못해서 이름이 하루살이라고 했다. 그는 그
것들이 단 하루밖에 살지 못한다 하더라도 지금의 자신만큼 외롭지는
않을 거라고 생각했다. 적어도 서로를 향해 미친 듯이 날갯짓하고 있었
기 때문이었다. 하루가 저물어가고 죽음이 다가오고 있는 저녁 시간에
도 그것들은 적어도 함께였다.

그는 외할머니 집으로 돌아와서 아버지에게 연락했다. 아버지의 질
문에 대답하고 있는 자신의 목소리와 말투가 조금 변한 것 같았다. 그
는 냉정하게 말했다. 매달 일정하게 생활비와 교육비를 보내달라고. 그
는 말을 마치고 난 뒤 자신이 완전히 다른 사람이 되어버렸음을 깨달
았다. 그날부터 그는 서른네 살이 되도록 십구 년간 혼자 살았다. 그만
의 시간의 흐름 속에서 철저하게 고립된 채. 아주 가끔은 이 세상 어딘
가에 존재하고 있을 자신과 같은 유전병을 지닌 극히 적은 소수의 사
람들을 생각해보면서. 죽은 엄마가 방에 남기고 간 것들이 점차 퇴색
되어가는 것을 지켜보면서.

그리고 이제는 고립된 채 보내온 그만의 시간도 거의 다 끝나가고 있음을 그는 느낄 수 있었다. 그는 출근 전 거울 앞에 서서 희게 새어 버린 머리카락에 염색약을 바르며 반문하곤 했다. 자신의 죽음을 알려 주어야 할 사람이 있는지. 다행스럽게도 이 세상에 자신의 죽음을 아쉬워할 사람은 없을 것 같았다. 그러므로 그는 아무런 걱정 없이 고요히 자신에게 다가올 그 순간을 기다리고 있을 뿐이었다.

다만 죽음이 다가올수록 더더욱 미친 듯이 자신의 일에 매달리고 있었다. 죽고 난 뒤에는 더 이상 하지 못하는 일들. 죽고 난 뒤에도 여전히 이 세상에 남아 있게 될 그것들을 위해 조금이나마 자신의 시간을 사용하고 싶었다. 아마도 그의 손을 거친 유물들은 그가 죽고 난 뒤에도 여전히 이 세상에 남아 있게 될 것이었다. 그것만이 위안이었다, 그에게는.

3장

———

습기

"처음에 미라가 입고 있던 의복들은 사체에서 흘러나온 분해물과 습기로 인해서 본래의 색채와 무늬를 알아볼 수 없을 만큼 훼손되어 있었습니다. 그러나 그것을 조심스럽게 세척하는 과정을 거친 뒤에 우리는 먼저 의복을 이루고 있는 직조물의 성분을 조사해보았습니다. 그래야 우리의 뒤편 유리관 속에 누워 있는 저 여인이 어느 시대의 사람인지를 대략 추측해볼 수 있기 때문입니다."

11월의 첫째 주 수요일 저녁. 박물관의 미라 특별전 전시실에는 평소보다 더 많은 관람객들이 모여 있었다. 박물관 관람은 원래 저녁 여섯 시 마감이었지만 이번 미라전같이 시민들의 관심이 뜨거운 경우에는 예외적으로 밤 아홉 시까지 연장되기도 했다. 그래야만 퇴근 시간이 늦은 직장인들도 관람을 올 수 있기 때문이었다.

여느 때와 다르게 외국인 관광객이나 교복을 입은 학생들뿐 아니라 무채색 정장 차림의 회사원들도 전시실 안에 붐비고 있었다. 그는 전시 팀이 사전에 마련해둔 연단 위에 올라가 사람들을 내려다보며 미라의 보존처리 과정에 대한 설명을 하고 있었다. 사실 그로서는 어떻게든 피하고 싶은 관람객과의 만남의 시간이었다.

학예사가 왜 이런 일까지 도맡아서 해야 하는 것인지. 그는 신경이 바짝 곤두서 있었다. 매뉴얼대로 설명을 읊조리고 있는 그의 음성에는 무성의한 태도가 묻어났다. 그는 매우 건성으로 관람객들에게 미라 보존처리 과정에 대해 설명했다. 관람객들의 얼굴에 따분한 기색이 역력했다. 그들은 모두 해설이 끝나기만을 기다리고 있는 것처럼 보였다.

그는 손에 들고 있던 리모컨을 눌렀다. 그를 비추고 있던 조명 불빛이 어두워지고 스크린이 환하게 밝혀졌다. 스크린에는 죽은 자의 분해물과 오랜 시간에 의해 흙빛으로 처참하게 퇴색되어버린 의복 사진이 띄워졌다.

그는 기계적으로 해설을 해나갔다.

"지금 보시는 사진 속 장면이 우리가 보존처리를 하기 전 의복입니다."

그가 바라보고 있는 관람객들의 얼굴은 하나같이 불편한 듯 찌푸려 있었다. 그는 아랑곳하지 않고 말을 이어나갔다. 그는 부식된 의복을 바라보며 사람들이 느낄 불편함과 공포를 즐기고 있었다. 죽음과 상관

없다는 듯 지나치게 자신들의 욕망을 좇으며 살아가고 있을 그들. 미라 전에 와서는 저녁 메뉴와 주식투자 문제를 논하고 있는 그들을 향해 그는 처음 관을 열었을 때 미라에게 나던 죽음의 냄새까지도 적나라하게 맡게 하고 싶은 욕망이 생겼다.

해설을 이어나가던 그는 잠시 말을 멈추었다. 티 나지 않게 곧 말을 이어나가기는 했지만 그의 목소리는 이전과는 달리 조금 떨리고 있었다. 방금 전 관람객들 사이에서 그녀를 보았기 때문이었다. 얼마 전 전시실에서 팸플릿을 건네주었던 그 여자임이 틀림없어 보였다. 미라의 악수를 향해 손을 뻗던 그녀의 뒷모습이 머릿속에 생생하게 떠올랐다.

그는 그녀를 잊을 수가 없었다. 그녀에게서는 왠지 모르게 죽음의 냄새가 났다. 마치 날마다 미라를 껴안고 잠드는 사람처럼 어딘가 스산해 보였다. 그녀는 스크린 속 사진을 바라보며 진지하게 눈을 빛내고 있었다. 그는 자신도 모르게 리모컨을 눌렀다. 어쩐지 그녀가 스크린을 바라보다가 죽음의 세계로 끌려들어갈 것만 같다는 위태로운 기분이 들었기 때문이었다.

스크린 속에 새롭게 떠오른 사진은 이제 보존처리 과정을 마친 뒤의 의복이었다. 그는 그녀의 얼굴에서 시선을 떼지 않은 채 계속해서 해설을 이어나갔다. 그녀는 사진이 뒤바뀌자 조금 전보다 집중력을 잃어버린 것처럼 보였다. 빨려들어갈 듯 스크린을 집중해서 바라보던 그녀의 시선이 산만하게 흩어졌다. 그러다 불현듯 시선이 자신을 향하는 듯하자 순간 그는 목소리가 경직되었다. 그는 어두침침한 전시실의 허공을 바라보며 말을 더듬었다. 자신이 말해야 할 것들을 잊어버리지 않기 위해서 애썼다.

"이제 여러분이 보시고 있는 사진이 보존처리를 마친 뒤의 모습입니다. 보시다시피 원래의 빛깔과 무늬에 어느 정도는 가까워진 모습입니다."

그는 다시 관람객들 사이에서 그녀를 찾았다. 그녀는 여전히 그를 바라보고 있었다. 이번에는 그도 그녀의 시선을 피하지 않았다. 그는 계속해서 그녀를 바라보며 말했다. 마치 한 사람을 위해 말하고 있는 것처럼.

"조금 전 보여드렸던 것처럼 발견 당시 유물들에는 시간의 흔적이 더께처럼 앉아 있기 마련입니다. 그것들은 하나같이 시간의 습격을 받아 곰팡이가 피어 있고, 녹이 앉아 있습니다. 우리는 그것의 흔적을 걷어내기 위해 애쓰고 있습니다. 특히 여러분이 보시고 있는 의복 같은 경우는 소재가 연약하기 때문에 세척 과정에서부터 신경을 써야 합니다. 우리는 설사 의복에 남아 있던 실오라기처럼 작은 것 하나라도 유실될까봐 의복을 세척할 때면 그것을 스테인리스 스틸 망과 합성섬유 망사 사이에 고정시킨 뒤에 조심스럽게 진행합니다."

그의 목소리는 차분하게 가라앉고 있었다.

"그리고 오늘 여러분에게 특별히 보여드릴 사진이 따로 있습니다."

그는 여전히 여자에게 시선을 떼지 않은 채 리모컨을 조종하여 사진을 넘겼다. 그것은 X선에 의해 드러나 보인 저고리에 새겨져 있던 무닉였다. 어느덧 여자는 다시 스크린에 집중하고 있었다. 그는 처음 숨겨져 있던 무늬가 눈앞에 드러났을 때의 감정을 담아 말했다. 여자에게 전하고 싶었다.

"지금 여러분이 보시고 있는 무늬는 바늘이 천을 관통해나간 홈집을 통해 재구성해본 것입니다. 무늬를 이루고 있던 실은 부식되어버려 지금 우리 눈으로 보기는 어렵습니다. 아마도 국화와 맨드라미 그리고 새와 애벌레일 것으로 추정되고 있습니다. 꽃이 만발한 봄에 새가 포식을 하고 있는 장면이지요."

그가 마지막으로 목소리 톤을 낮추어 말했다.

"저러한 양식은 그 시대에 발견하기 드문 형태이며 더더군다나 남자의 저고리에 새겨 넣을 만한 문양은 아닙니다. 그래서 우리는 남자가 왜 죽은 여인의 수의에 저러한 무늬를 수놓았을까 추측해보았습니다. 이건 어디까지나 추측에 지나지 않지만, 아마도 죽은 여인이 화창한 봄날 배불리 먹고 있는 새처럼 저승에서 굶주리지 않기를 바라는 염원을 담았던 것이 아닌가 생각해보았습니다."

그렇게 남자가 말한 뒤 스크린의 불빛이 꺼졌다. 그리고 난 뒤에도 그녀는 한동안 꺼진 화면에서 눈을 떼지 않고 있었다. 그러다 한없이 서 있을 것만 같던 여자가 몸을 돌려세웠다. 그러고는 전시실 밖으로 걸어 나가고 있었다.

＊

조명이 모두 꺼진 전시실 안으로 들어간 그녀는 한눈에 그를 알아보았다. 지난번 자신에게 팸플릿을 건네주었던 남자였다. 그는 연단 위에 올라가 곤혹스러운 얼굴로 해설을 하고 있었다. 그녀는 그가 스크린에 띄워 보여주고 있는 저고리 사진을 바라보았다. 사진 속 부식된 저고리를 바라보았을 때 그녀는 잠시 숨이 멎는 것만 같았다.

그녀는 시신의 분해물이 흘러나와 오염된 의복을 본 적이 있었다. 고독사인 경우 죽은 자는 오랜 시간 홀로 방치된다. 그녀는 어떤 복층 원룸에서 홀로 죽어 있는 사내의 집에 찾아간 적이 있었다. 개인적으로 상담을 맡아 진행하고 있던 사내였다. 처음 그녀가 경찰의 협조를 받아 사내의 원룸 문을 열고 들어갔을 때였다. 사내는 복층 원룸의 층계 아래 몸이 반으로 접힌 채 죽어 있었다. 이미 방 안은 악취로 진동했다. 식탁에는 사내가 마지막으로 먹다 남겼을 음식 위에 날파리 떼가 엉겨 붙어 있었다. 숨조차 쉴 수 없는 광경이었다. 그때 사내의 옷 상태가 바로 화면 속 미라의 의복만큼이나 처참했었다.

그렇지만 그가 스크린의 화면을 넘기며 보여준 사진은 그녀의 눈에 전혀 거짓말처럼 보였다. 죽은 자의 의복에서 그들은 죽음의 흔적을 깨끗이 지우기 위해 노력한 것 같았다. 그녀는 마지막으로 X선에 의해 드러났다는 의복에 숨겨져 있던 무늬에 남자가 덧붙이는 해설을 듣다가 하마터면 웃을 뻔했다. 죽은 자를 애벌레를 잡아먹고 있는 새로 보았다니. 그녀가 생각하기에 남자의 해석 관점은 빗나갔다.

죽은 자는 새가 파먹고 있는 애벌레이다. 그야말로 여인에게 자신의 옷을 입혔다는 그 남자는 지금 전시실에 모여 있는 후대의 사람들을 향해 그렇게 냉소를 보내고 있는 것 같았다. 이 생은 어차피 먹고 먹히는 지옥이 아니겠느냐고. 아름다워 보이는 봄날의 햇빛과 꽃들마저 그런 살육의 장면을 돋보이게 하기 위해 존재하는 것에 불과하다고. 그녀는 순간 몸을 떨며 어제 새벽 전화 통화를 떠올렸다.

여보세요.

……

말씀하세요. 누구시지요?

예. 안녕하세요. 지난번에 사다주신 주스는 잘 마셨어요. 그때 아주 목이 말랐거든요. 병원이 너무나 건조하대요? 너무나 건조해서 막 숨이 막힐 것 같았거든요.

누구…… 아, 죄송해요. 이제 기억이 나네요. 그때는 제가 갑자기 일이 생겨서 인사도 없이 그냥 나와서 죄송했어요. 다시 찾아가 뵈려 했어요.

아니에요. 정말 괜찮습니다. 바쁘신 양반인데 제가 시간을 너무 오래 빼앗을 수야 있나요. 잠깐만 통화를 하면 됩니다. 지금 바쁘신 건 아닌가요? 이 늙은이가 너무 젊은 사람 시간을 오래 빼앗으면 안 되는

데…… 우리 딸이 날 보면 또 주책이라고, 뭐라고 한마디 할 것 같네요.

아니에요, 어머님. 어머님께서 불편하신 일을 도와드리는 게 제가 하는 일인걸요. 그러니까 저한테는 말씀하셔도 돼요.

아니, 시간이 벌써 이렇게 된지 몰랐어요. 새벽 세 시가 넘었네요? 자려고 누웠다가 아무래도 이건 아니다 싶어서 전화를 드렸어요. 정말 죄송합니다.

어머님, 정말 괜찮으세요. 저는 지금 야간 근무 중이에요. 그러니 편안하게 말씀하셔도 돼요.

정말 그렇게 말씀해주시니 고맙네요. 저 오늘 밤에 집으로 왔어요.

네, 네……? 아니 왜 말씀도 안 주시고 스스로 그런 결정을…… 병원비는요? 다 지불되었던가요?

그게…… 제가 너무 갑갑해서 도무지 거기에 있을 수가 없어서요. 너무 건조해서 숨을 쉬기가 어려워서요. 저는 그냥 슬그머니 빠져나와 집으로 왔어요.

저한테 말씀이라도 먼저 하지 그러셨어요.

집에 왔는데, 감사하게도 열쇠 구멍이 바뀌지는 않아서 들어올 수가 있었어요. 아직 다른 사람들에게 세를 내어준 것 같지도 않고. 또 우리 집도 그대로이고 또 딸아이 물건도 그대로고, 또…… 석이 밥그릇에 사료도 마지막 날 그대로 남아 있네요. 설거지 그릇 안에 나랑 딸이 그날 저녁에 밥을 지어 먹었던 그릇도 그대로 쌓여 있고 말이에요.

어머님, 댁에 그대로 계세요. 제가 지금 가 뵐게요. 아니면 택시비 드릴 테니까 지금 이쪽 제가 있는 광화문으로 오시겠어요? 택시 타고 오시면 돼요. 거기에 계시지 마시고요.

병원이 너무 숨이 막혀서 여기로 왔는데 여기는 너무 춥네요. 너무 그대로잖아. 모든 게. 모든 게 너무 그대로여서 내가 아가씨한테 전화를 걸어봤어요. 지난번에 아가씨가 주스 사다주면서 나한테 준 명함이 내 주머니에 남아 있더라고요. 아가씨 나는 후회 안 해요, 나는. 나는 내가 한 행동에 대해서 후회하지 않아요.

*

지난 새벽 그녀는 전화를 끊고 나서 바로 여자에게 달려갔어야 했다. 광화문대로로 나가 택시를 잡아타고 달려갔다면 여자가 살고 있는 망원동까지 이십 분도 채 되지 않아 도착했을 터였다. 새벽녘 서울 도심지의 도로를 택시는 막힘없이 달렸을 것이다. 거리에 쏟아져 나와 있던 숱한 사람들이 다 죽어버린 것만 같은 텅 빈 도로를 뚫고 그녀는 여자에게 한걸음에 달려갔어야 했다.

그녀는 생각했다. 그렇게 될 줄 이미 알고 있지 않았나. 아무것도 후회하지 않는다고 힘주어 말하는 사람들은 주의해서 지켜봐야 한다는 사실을. 그 여자처럼 자신의 상처에 대하여 차분하게 설명하는 사람들이 정작 위태로운 상태라는 것을. 그런 사람들은 너무나 많은 것들을 이미 감정적으로 놓아버렸기 때문에 오히려 미련 없이 스스로를 찌를 수 있다는 사실을.

그녀는 그동안의 경험을 통해서 그 여자가 왜 자신에게 전화를 걸어왔는지 알고 있지 않았던가. 보통 그런 식의 분위기와 어투는 죽기 직전 나타나는 반응이었다. 흥분이 아닌 극도의 차분함. 그런데도 그녀는 여자와 통화를 끝내고 나서 즉시 자리에서 일어나지 않았다. 외투를 걸쳐 입고 여자의 집으로 달려가지 않았다. 미루었다. 가고 싶지 않았다. 여자의 얼굴을 바라보고 싶지 않았다. 여자가 병실에서 축축한 손으로 그녀 자신의 손을 끌어당겨 붙잡고 놓지 않았던 기억이 떠올라서였다. 아니 그때 자신이 강하게 느꼈던 죽음을 향한 충동까지.

여자는 그런 그녀의 충동을 감지하고는 넌지시 말을 건네올 것만 같았다.

아가씨, 나 좀 도와주지그래?

여자가 그렇게 부탁해 오면 주저하지 않고 무언가에 홀린 듯 여자를 도와줄 것만 같았다. 여자가 부탁한 대로 의자를 디디고 올라가 두 팔을 뻗어 공기가 통하는 틈새마다 포일을 붙여나가고 있는 자신의 모습이 그려지는 것만 같았다. 귓속으로 포일이 구겨지는 소리가 들려오는 것만 같아 진저리쳤다. 그러고는 엄마와 딸처럼 그 여자와 나란히 앉아서 도시가스가 새어나오는 소리에 점차 자신을 놓아버리고 있는 자신의 모습이 보이는 것만 같았다. 아니, 그렇게 스스로를 놓아버리고 싶을 것 같아서 그녀는 그 여자에게 가지 않았다.

그녀는 새벽 두 시부터 다섯 시까지 야근을 하는 동안에 걸려오는 사람들과의 통화 내역을 기록하는 보고서에 여자에게 걸려온 전화 기록은 남기지 않았다.

여자와의 통화를 마치고 불과 몇 시간 뒤 사무실의 유리창으로 햇빛이 스며들었다. 눈이 피로해서였을까. 그날따라 햇빛이 상한 우유 빛깔로 보였다. 알코올 솜 같은 것으로 마구 닦아내버리고 싶은 불쾌한 빛깔. 그녀는 앉은 자세로 하루를 꼬박 샜기 때문에 몹시 부은 다리를 주무르며 자리에서 일어났다.

사무실에서 빠져나와 집으로 돌아가는 길에 그녀는 지난 새벽 여자와의 통화를 떠올리지 않으려 애썼다. 광화문거리에는 또다시 홀연히 무수한 잿빛 사람들이 나타나 돌아다니고 있었다. 전광판마다 광고 속 모델들이 매끄러운 포즈로 사람들을 유혹하고 있었다. 그녀는 기꺼이 그런 도시의 유혹에 넘어가고 싶었다. 머리를 텅 비우고 아무것도 기억하려 하지 않으면, 알아서 그곳 도시가 그녀의 머릿속에 새롭고 근사한 기억들을 채워줄 것이었다.

하루아침에 로또가 당첨되고, 유튜브 스타로 떠오르고, 근사한 스포츠카를 타고, 국경을 넘어선다. 추격전이 벌어지고 하늘에서 총탄과 미사일이 쏟아져 내려도 불사신처럼 살아남는다. 순식간에 얼굴 윤곽이 꿈꾸던 대로 뒤바뀌고 나이도 들지 않는다. 아무리 시간이 흘러도 얼굴에 주름이 지지 않고 발끝에는 슈퍼 모델이 신은 최고급 하이힐을 신고 도로를 질주한다. 그 모든 게 그녀의 기억으로 치환된다. 그녀는 모든 걸 잊고, 심지어 자기 자신도 잊는다. 아니 새로운 자신을 갖게 된다. 쇼핑하듯 자신을 고르고 교환하고 판매할 수 있다. 수많은 가능성들이 난무한 도시의 활기와 환락 속으로 그녀는 침잠하기 위해 헤매어 다니기 시작한다. 길을 잃는다.

그녀는 아주 설레는 변신을 불과 몇 시간 앞둔 사람처럼 종종 웃으며 거리를 헤매어 다닌다. 한없이 매끄러운 진열장들, 언제라도 손에 넣을 수 있을 것처럼 포장되어 있는 신제품들, 눈이 마주치면 자동적으로 웃음을 띠는 점원들. 그녀는 그들과 은밀한 밀어를 나누듯 시선을 교환하며 물 한 모금 마시지 않고 걸어 다닌다. 어느덧 그녀의 입술은 부르트고 목구멍에서 피비린내가 맡아진다. 그녀는 어느 순간 암전된 얼굴이 되어 걸음을 멈춘다. 마치 발목이 부러진 것처럼. 그녀는 갑작스럽게 도시를 떠나 집으로 돌아간다. 폭격을 피해 피난 가는 전쟁고아처럼. 절박하게 어둡고 침침한 집을 찾아간다.

그녀는 집으로 돌아가 암막 커튼을 치고 바로 쓰러져 잠들었다. 거리를 쏘다니며 보았던 무수한 것들이 그녀의 꿈속에 나방들처럼 날아다녔다. 눈꺼풀 속 그녀의 눈동자가 떨리고 동공이 확장되었다. 그렇게 잠을 자다 말고 날카로운 휴대폰 벨소리에 눈을 떴다. 온몸이 땀에 젖어 있었다. 마치 잠을 자면서 몇 시간 동안 쉬지 않고 달린 듯. 손을 뻗어 휴대폰 액정을 보았다. 사무실이었다. 직감할 수 있었다. 그녀가 예상했던 일이 일어났다는 사실을. 여자는 그녀와 통화를 마친 뒤 얼마

시간이 흐르지 않아 스스로의 목숨을 끊은 것으로 추정되었다. 딸을 먼저 죽게 만들었던 첫 번째 자살 시도와 동일한 방식이었다. 이번에도 여자의 집 창문 틈새에는 꼼꼼하게 포일이 덧발라져 있었다고 했다.

사무실에 나간 그녀는 자리에 앉아 이번 일에서 헛짚은 것들에 대해 일종의 시말서를 쓰듯 보고서를 작성했다. 그러나 거기에도 그녀는 지난 새벽 여자에게 전화가 걸려왔다는 사실은 적지 않았다. 아무런 진실도 말하지 않았다. 삼 년 동안 이 일을 해오면서 보고서에는 진실을 적는 것이 아니라는 사실을 터득하게 되었기 때문이다.

그 사실을 터득한 후부터 그녀의 일은 한결 수월해졌다. 보고서에 진실을 쓰지 않자 더 이상 그녀를 향한 추궁도 없었고 변명할 필요도 없었다. 그 대신에 보고하지 않은 모든 것들이 자신의 몸속 어딘가에 쌓여가고 있음을 느꼈다. 깊은 땅속에 유폐된 기록들처럼 그것들이 몸속 어딘가에서 피와 뒤엉켜 부패되어가고 있는지도 몰랐다. 타인들의 죽음을 경험할 때마다 자신의 몸 안에 서서히 차오르는 습기에 의해서 그 기록들은 축축하게 젖어 들어가고, 곰팡이가 슬어가고, 또한 부패해가는 것인지도 몰랐다.

*

남자의 해설이 끝남과 동시에 화면도 꺼졌다. 그런데도 그녀는 여전히 눈을 떼지 못했다. 방금 보고 있던 무늬에 사로잡혀 있었기 때문이다. 어딘가에서부터 날쌔게 하강해 오는 새의 그림자가 자신을 뒤덮는 듯한 서늘함이 엄습했다. 뒤돌아서 빠르게 전시실을 가로질러 나갔다. 어쩐지 자신의 삶은 이렇게 끝나버릴 거라는 불안감이 들었다. 아무리 벗어나려 몸부림쳐도 탁 트인 허공을 향해 솟구칠 수 없는 애벌레, 꿈틀거리며 기어다니는, 차라리 온몸의 주름에 환각처럼 죽음이 번져나가기를 갈망하며 버티고 있는. 숨막힐 듯 갑갑한 공간을 벗어나자 그녀는 숨을 데를 찾아 두리번댔다.

그녀는 화장실의 세면대 앞에 서서 수도꼭지를 비틀었다. 차가운 물에 손을 밀어 넣었다. 손이 불그스름하게 변할 때까지 빼내지 않았다. 마치 자신에게 벌을 주듯이. 대책 없이 쏟아져 나오는 물소리가 귓속을 파고들었다. 고개를 쳐들어 거울을 바라보았다. 자신은 어제 새벽에 입고 있던 검은색 목폴라 니트를 여전히 껴입고 있었다. 몸이 너무나 차갑게 식어가고 있는데도 얼굴에서는 이상하게도 땀이 흐르고 있었다.

나는 후회하지 않아요.

새벽에 사무실로 전화를 걸어왔던 여자의 목소리가 떠올랐다. 여자의 목소리가 그녀의 머릿속에 살아 있었다. 세상을 향해 여자가 마지막으로 보낸 구조 메시지를 은폐해버렸기 때문일까. 어디선가 검보랏빛 날개를 펄럭이며 날아든 새가 그녀의 뇌를 쪼아대는 것만 같았다. 날카로운 통증이 머리를 후벼 팠다. 터져나오는 비명을 삼켰다. 자신의 손을 끌어당겨 잡았던 여자의 축축한 손의 감촉이 생생하게 떠올랐다. 그녀는 액체 비누를 짜내어 손을 손금까지 긁어낼 듯 닦아냈다. 수도

꼭지를 비틀어 잠그고 난 뒤 하수도 구멍으로 빨려 들어가는 물줄기 소리를 듣고 있었다. 그러고 난 뒤에 찾아든 귀가 따가울 정도의 적막.

그녀는 벽에 걸려 있는 휴지를 거칠게 뽑아 손에 물기를 닦아내고 또 닦아냈다. 마치 손에 축축하게 묻어나 있는 핏물을 닦아내듯이. 만져서는 안 될 염산을 닦아내듯이. 손을 거칠게 닦아낸 휴지를 구겨 쥔 채 그녀는 거울 속 자신의 얼굴을 바라보았다. 광대에 푸르스름한 기미가 앉아 있고, 눈자위는 연자줏빛으로 충혈되어 있었다. 어쩐지 거울 속 그 얼굴이 자신을 향해 변명하듯 읊조릴 것만 같아 급히 뒤돌아섰다.

나는 아무것도 후회하지 않아.

죽은 여자의 목소리가 좁은 복도를 울리며 자신을 따라붙는 것만 같았다. 그녀는 점차 발걸음이 빨라졌다. 화장실에서 빠져나온 뒤에 시작된 통로는 어쩐지 걸어가면 걸어갈수록 늘어나고 있는 것만 같았다. 겨우 통로를 빠져나와 몸을 틀었을 때였다. 또다시 사선으로 새로운 통로가 이어지기 시작하는 그 지점에서 그녀는 누군가와 마주쳤다. 그녀는 홀로 죽음의 세계를 향해 걸어가다 말고 누군가를 만난 것처럼 놀란 눈으로 그 얼굴을 올려다보았다.

남자였다. 연단 위에서 사람들을 향해 무책임하게 죽음을 미화했던 사람. 죽은 자가 입고 있던 옷을 벗겨 표백제로 하얗게 만들어놓은 사람. 기어이 X선을 비추어 수백 년 전 누군가 죽은 여인에게 남긴 마지막 밀어를 적나라하게 드러내 보인 사람. 거기에서 쾌락을 느꼈을 사람.

남자는 며칠간 면도를 하지 않은 듯 턱 아래에 돋아난 수염이 한눈에도 몹시 까칠해 보였다. 남자는 그녀가 시야에 나타나자 기다리고 있었다는 듯 벽에 기대고 있던 몸을 바로 세우며 그녀를 바라보았다. 그러나 그녀가 자신에게 할 말이 있느냐는 듯 수 초 동안 시선을 되받는 동안에도 남자는 아무런 말도 하지 않았다. 그녀는 짧은 순간 그가 마치 죽은 여인의 염습의에 새겨졌던 밀어를 적나라하게 드러냈던 X선처럼 자신의 몸을 뚫고 깊숙이 찔러 들어오는 것만 같았다. 그의 시선이 자신의 깊은 곳까지 다 보아버린 것만 같은 기분이었다. 자신의 몸속 어딘가에 새겨져 있는 어떠한 위태로운 무늬를, 그가 꿰뚫어보는 것만 같았다.

그녀는 얼굴이 화끈거렸다. 어떤 남자의 시선이 자신을 그토록 깊은 곳까지 침투해 들어오는 것만 같은 경험을 이제껏 했던 적이 없었다. 남자들과 몇 차례 잠을 잔 적은 있지만 그건 그저 몸의 교류였을 뿐이었다. 여자는 끝내 마지막 순간까지도 악착같이 입을 틀어막고 자신의 내면을 드러내 보인 적은 없었다.

그러나 남자의 시선에는 어딘가 이상한 데가 있었다. 남자는 여자의 몸을 조금도 건드리지 않았는데도 이미 여자를 압도하고, 여자의 깊은 곳까지 들어서는 것만 같은 서늘한 느낌을 주었다. 그녀는 몸을 돌려 세웠다. 휘청거리지 않으려 애쓰며 그로부터 멀어져갔다.

그렇지만 그녀는 통로 끝자락에 다다랐을 때 떨리는 몸을 추스르며 마지막으로 한 번 더 뒤를 돌아다보았다. 잠시 그녀는 몸이 뻣뻣하게 굳어버렸다. 저 끝에서 남자는 여전히 그녀를 바라보고 있었다. 그녀가 똑바로 마주 보아도 어쩐지 남자는 그녀를 향해 겨누고 있는 시선을 돌리지 않았다. 그녀는 어떠한 힘에 이끌려 남자에게 다시 걸어가고 있었다.

*

그는 그녀가 멀어져가는 모습을 지켜만 보고 있다가 연단에서 내려왔다. 사람들을 떠밀며 그녀를 쫓아갔다. 긴장감으로 숨이 차올라 심장이 뻐근해져 왔다. 그는 그녀가 비좁고 기다란 통로 속으로 빨려가듯 멀어져가는 모습을 지켜만 보고 있었다. 더 이상 쫓아갈 수는 없다. 통로 끝에는 여자 화장실이 있었다.

그는 초조한 심정으로 한자리에서 그녀를 기다리고 있었다. 여자가 화장실로 들어간 뒤 곧장 세찬 물소리가 통로를 휘돌아 나왔다. 세찬 물줄기가 그를 떠밀어내고 있는 것만 같은 기분이었다. 그러나 동시에 그 물소리는 자꾸만 그를 붙잡기도 했다. 어쩌면 자신에게 도움을 요청하는 어떤 비명소리같이 들리기도 했다.

어느 순간 물소리가 멎었다. 적막함이 숨처럼 비좁은 통로 안을 순식간에 틀어막았다. 그는 통로 끝 불빛이 새어나오고 있는 소실점을 향해 눈을 부릅뜨고 있었다. 기어이 그곳에서 걸어 나오는 여자의 모습을 지켜보고 싶었다. 그러나 막상 그녀가 눈앞에 나타나자 그는 초점이 흔들렸다. 아찔했다. 복도를 따라 이어진 흐릿한 조명 아래 점점 더 자신을 향해 다가오고 있는 그녀의 얼굴이 그러나 점점 더 흐릿해져가고 있었다. 순간 그의 시력이 한층 더 깊은 나락으로 떨어진 것이었다.

눈앞이 흐릿하고 모호해졌다. 시신의 분해물에 의해 더럽혀지며 더 이상 이승에서는 볼 수 없게 되어버렸던 의복의 무늬처럼. 여자의 얼굴은 더 이상 그의 눈에 보이지 않았다. 그저 그녀는 흐릿한 하나의 형태로만 그에게 다가오고 있을 뿐이었다. 그래서였을까. 그는 태어나 처음으로 눈앞에 다가온 누군가의 얼굴을 안간힘 쓰며 바라보았다. 그가 보지 않고 있으면 사라져버릴 것만 같아서였다. 그는 하마터면 손을 뻗어 잘 보이지 않는 그녀의 얼굴 윤곽을 매만져볼 뻔했다.

그러나 그는 가운 주머니 속에 넣고 있던 손을 말아 쥐었을 뿐이었다. 그녀는 끝내 그의 앞에서 또다시 옆으로 돌아섰다. 그러고는 멀어져갔다. 그는 그로부터 멀어져가고 있는 그녀의 발소리를 듣고 있을 뿐이었다. 그러다 어느 순간 그녀는 걸음을 멈추고 그를 돌아보았다.

그녀가 그를 향해 다시 걸어오고 있었다. 그의 앞으로 바짝 다가온 그녀가 그를 올려다보았다. 그는 윤곽이 흐릿하게 번져 있는 그녀의 얼굴을 어떻게든 해독하려고 바라보았다. 머리가 부서지고 발목에 금이 간 석불상을 바라볼 때같이. 흰개미 떼가 파고들어가 증발해버린 목판경의 글자들을 읽어내려 애를 쓸 때와 같이. 그는 멀어졌다가 다시 돌아온 그녀의 의미를 온전히 파악해내기 위해 자신도 모르게 미간에 주름이 잡혔다.

"선생님은 정말로 의복에 새겨져 있는 무늬의 의미를 그렇게 해석하신 건가요?"

그녀가 날카롭게 물었다. 그의 눈에 그녀의 얼굴은 녹에 뒤덮인 동경처럼 잘 보이지 않았다. 그는 그런 그녀의 얼굴에 자신의 곤혹스러움과 깊은 떨림을 비추어보고 있을 뿐이었다. 그녀와 눈을 마주치는 것만으로도 자신의 내면 깊숙한 곳까지 들추어지는 기분이었다. 그가 머뭇거리다가 대답하기 위해 입을 벌렸을 때였다. 그녀가 그의 말문을 가로막으며 말하기 시작했다.

"제가 보기에는 말이에요. 그 무늬는 바로 우리에게 죽음에 대한 적나라한 고백을 하고 있는 것 같아요. 남자가 죽은 여인의 몸에 입힐 자신의 의복에 새긴 게 무엇인지 아세요? 그건 바로 새가 한 치의 망설임과 연민 없이 제 굶주림을 채우기 위해 벌레의 생을 끝장내듯 죽음은 우리 인간을 어느 순간 냉정하고 잔인하게 덮쳐올 뿐이라는 거예요."

*

그녀는 속으로만 삼키려 했던 말을 남자에게 내뱉고 말았다. 이름조차 모르는 남자가 자신을 바라보는 눈빛 때문에 그녀는 그만 속마음을 내지른 것이었다. 남자는 자신의 겉모습이 아닌 깊숙한 내면을 응시하려는 듯했다. 그녀는 그가 이제 그만 속에 눌러놓았던 것들을 터뜨려보라고 종용하는 것만 같았다.

그렇지만 막상 그렇게 말해버린 뒤에는 후회가 되었다. 그녀는 박물관 층계를 내려왔다. 유리문을 열고 나가자 어느덧 깊은 어둠이 경복궁의 내부에 고여 있었다. 돌담 너머의 광화문대로는 밤이 되자 더욱 환해져 있었다. 영원히 꺼지지 않을 것처럼 보이는 빌딩 불빛들, 수시로 뒤바뀌는 전광판의 번쩍임. 어딘가를 향해 끝없이 늘어서 있는 차들의 불빛.

어둠 속에서 빠져나와 도시의 한복판으로 들어서면서 그녀는 서서히 현실감각을 되찾아갔다. 조금 전 격앙되어 있던 마음이 가라앉자 몸이 덜덜 떨려왔다. 도시의 불야성 속에서 그녀는 다시 순하고 평범한 얼굴이 되어 있었다. 무수한 익명의 사람들과 보폭을 맞추어 걸어가면서 그녀는 자신을 바라보았던 남자의 얼굴을 떠올렸다. 죽음은 우리 인간을 그렇게 어느 순간 냉정하고 잔인하게 덮쳐올 뿐이라고 소리치던 순간 왜 그는 그런 표정을 지었을까. 그의 속을 밝히고 있던 어떤 온화한 빛이 일순 꺼져버린 듯했다.

한밤의 미국대사관 앞을 지키고 서 있는 경찰들을 지나 그녀는 이면도로로 접어들었다. 낮에는 존재를 감추고 있던 오래된 술집들이 저마다 불을 밝히고 적나라하게 내부를 드러내고 있었다. 가게들의 열린 들창 틈새에서 숯불에 생선을 굽는 연기와 빈대떡을 굽는 오래된 기름 냄새가 거리로 흘러나오고 있었다. 맥주 전문점들은 알 수 없는 나라의 국기들을 거리로 내걸고 있었다. 비좁은 인도에까지 플라스틱 테이블과 의자들을 늘어놓은 채 손님들에게 술을 팔고 있었다. 테이블 사이마다 조악해 보이는 히터가 놓여 있었다.

그녀는 얼굴이 모두 술에 달아올라 있어 비슷해 보이는 중년의 사내들과 여자들이 잔뜩 모여 앉아 있는 테이블들을 일별하며 지나갔다. 지저분한 맥주잔마다 올라 있는 맥주 거품과 파란 테이블에 엎질러져 있는 튀긴 땅콩들. 이미 취한 무리들은 서로의 몸에 기댄 채 비틀대며 또 다른 가게로 이동하다가 그녀를 향해 부딪쳐오곤 했다.

그럴 때마다 그녀는 재빨리 몸을 피해 인도 아래로 내려섰다. 아스

팔트 도로에 뱉어져 있는 침과 가래 자국 들이 가로등 불빛 아래 번뜩였다. 그녀는 어둠 속에 모든 것들이 뭉개져 보이는 골목길을 걸어가고 있었다. 거리를 비틀거리며 걷는 사람들은 내일이면 또다시 말끔하게 다린 와이셔츠를 입고 넥타이를 매고 도시로 뛰어나올 것이었다. 도시에서 도태되지 않기 위해서.

그랬다. 그녀가 근무하는 사무실로 새벽이면 전화를 걸어오는 사람들은 그들 중에 있었다. 서바이벌 게임에서 매번 탈락자가 발생하듯이. 더는 이른 아침 날을 세운 정장을 입고 도시로 뛰어나갈 힘이 사라진 사람들. 더 이상 자신이 왜 그렇게까지 감정을 숨기고 살아야 하는지 묵인할 수 없었던 사람들. 끝내 이 도시에서 밀려난 사람들. 자신의 실종을 알리고 싶어 전화하는 사람들.

그녀가 도착한 사무실 건물의 일층 국수가게는 '영업 중' 푯말을 내걸고 환하게 불이 밝혀져 있었다. 유리창 너머 앞치마를 두른 여자들이 분주히 움직이는 게 보였다. 아직 가게는 한산한 편이었다. 거리의 사람들은 조금 더 마시고 취한 다음에야 이 허름한 가게로 밀려들어 올 것이었다. 막차를 놓치고 이곳으로 찾아들어와 어깨를 맞대고 국물을 들이켜고 면발을 건져 먹는 사람들의 얼굴을 보면 몹시 허기져 보이곤 했다.

지난 몇 시간 동안 그들이 미친 듯 위장에 밀어 넣은 기름진 안주들과 맥주가 그들을 오히려 더욱 허기진 상태로 만들어놓은 것 같았다. 오로지 국수 한 그릇에 얼굴을 처박고 몰두해 있는 그들을 바라보면 어쩐지 숭고한 의식을 치르고 있는 사람들처럼 보이기까지 했다.

그러나 그녀는 오늘도 국수가게를 그냥 스쳐지나갔다. 저녁을 먹지 않아 허기졌지만 국수가게로 들어서고 싶지는 않았다. 혼자서 테이블에 앉아 가방을 내려놓고 국수 한 그릇을 다 비울 만큼 그녀는 비위가 좋지 않았다. 무엇보다 굳이 삼층 화장실까지 올라와 담배 피우고 내려가는 여자들을 모르는 척할 자신도 없었다.

사무실로 가는 시멘트 계단은 오를수록 점점 비좁고 가팔라졌다. 층계 전등은 나간 지 오래였다. 창밖 빌딩 불빛에 흐릿하게나마 드러나 보이는 계단을 밟아 올라갔다. 점차 숨이 가빠왔다.

사무실 문에 열쇠를 꽂아 넣었을 때였다. 견고하게 닫힌 문 너머에서 전화벨 소리가 울리기 시작했다. 그와 동시에 열쇠를 밀어 넣고 있던 그녀의 손끝이 떨려오기 시작했다. 급기야 땀이 흘러 미끄러워진 그녀의 손은 열쇠를 바닥으로 떨어뜨리고 말았다. 무릎을 굽혀 열쇠를 주우려다 말고 그냥 일어났다. 무언가에 쫓기듯 뒤돌아섰다. 순간적으로 맞은편에 무방비하게 열려 있는 공중화장실로 들어갔다. 아무리 왁스를 뿌리고 문질러도 깊숙이 배인 비릿한 냄새가 사라지지 않는 곳.

세상으로부터 버려진 것 같은 그곳에는 담배 연기 냄새가 깊숙하게 배어 있었다. 그녀는 비어 있는 칸으로 들어가 문을 걸어 잠그고 변기 뚜껑 위에 앉았다. 그제까지 참았던 숨을 내뱉었다. 그녀는 화장실에서 종종 마주쳤던 국수가게 여자들을 떠올렸다. 그들은 이 비좁고 냄새나는 칸 안에 숨어들어 무방비한 얼굴로 담배를 피우곤 했다. 문을 벌컥 연 그녀와 눈이 마주치면 겸연쩍은 얼굴로 연기를 바닥에 내뿜었다. 그녀는 자신의 얼굴이 점점 그들과 닮아가고 있다고 생각했다.

그녀는 자신도 모르게 웃음이 새어나왔다. 가방 깊숙한 곳에 손을 넣어 밑바닥을 더듬었다. 모서리가 구겨진 미라전의 팸플릿이 손에 잡혀 나왔다. 팸플릿의 뒷면 하단에 인쇄되어 있는 담당 학예사의 이름과 휴대폰 번호를 내려다보았다. 그 남자였다. 불과 한 시간도 채 되기 전 눈앞에 서 있던 남자. 태어나서 처음으로 자신의 속에 억눌렀던 말을 폭발시키게끔 유도했던, 그러나 막상 그렇게 하자 무척이나 곤혹스러운 표정을 지어 보였던.

그때의 그 긴장감 속에서 그녀는 자신이 오랜만에 살아 움직이는 인간처럼 느껴졌다. 싫지 않았다. 남자의 앞에서 표독스럽게 쏘아붙이던 자신의 모습이 부끄럽지 않았다. 후회되지 않았다. 그녀는 도시의 사람들을 등진 채 자신의 비밀을 새기는 듯이 휴대폰에 그의 이름과 번호를 입력했다.

지나치게 환한 불빛을 내뿜고 있는 휴대폰 액정화면을 응시하고 있다가 그녀는 그만 삭제 버튼을 누르고 말았다. 고개를 쳐들고 음침한 등을 휘감은 거미줄을 따라 시선을 움직여가며 중얼거렸다. 만일 언젠가 남자의 목소리가 수화기 저쪽에서부터 들려온다면 그녀는 그렇게 말을 시작할지도 몰랐다.

미라는 죽기 전에 마지막으로 무슨 말을 남겼을까요?
젊어서 죽는 것이 억울하지 않았을까요?

살아 있을 때 그 여자는 어떤 삶을 꿈꾸던 사람이었을까요?

그렇다면 과연 자신이 원하던 삶에 얼마나 가까이 가보았을까요?

있잖아요…… 죽어서 그토록 여러 겹의 옷을 껴입고 있는 느낌은 어떤 걸까요?

나는 갑갑할 것 같아요. 죽어서도 옷을 입고 있다는 게 말이에요.

집에 오면 나는 옷부터 벗어 던지거든요.

죽어도 말이에요. 제일 먼저 자신을 감싸고 있는 옷부터 벗어 던지고 싶지 않을까요?

그렇게 온몸을 친친 감고 있는 것을 훌훌 벗어던지고 허공으로 날아오르고 싶을 것 같아요. 세상이 발아래 점점 멀어질수록 내 기억도 소멸되는 거지요.

그때 비로소 진정한 죽음이 찾아오는 것일지도 몰라요.

*

전시실은 이제 불이 꺼져 있었다. 관람객들은 돌아간 지 오래였다. 전시실을 지키고 있던 검은 정장 차림의 직원들도 자신들의 의자를 비워둔 채 집으로 돌아갔다. 그 혼자 아직 이곳에 남아 있었다. 그는 어둠이 편안했다. 어둠 속에서는 구태여 감정을 숨기기 위해 애쓸 필요가 없어서 좋았다. 자꾸만 죽음을 향해 여기저기 균열이 발생하고 있는 자신의 몸을 감추기 위해 노력할 필요가 없는 것 또한 어둠의 좋은 점이었다. 무엇보다 어둠 속에 있을 때면 그는 시력이 맞지 않는 안경을 쓰고 있어도 불편하지 않았다.

그는 전시실 입구 쪽에 놓인 의자에 앉아 있었다. 조금 전 이곳에 들른 경비원에게는 마저 할 일이 있다고 둘러댔지만 거짓말이었다. 그는 갑자기 길을 잃은 사람처럼, 자신의 이름이 무엇인지 자신에게 지금 중요한 일이 무엇인지 아무것도 기억나지 않는 사람처럼 그저 어둠 속에 앉아 있었다.

오늘 여자가 다녀갔다는 사실이 어쩐지 믿어지지 않았다. 그가 처음 미라의 두 손을 감싸고 있던 악수를 향해 손을 뻗어 올리고 있는 여자를 보았을 때. 그는 마치 여자가 어딘가를 향해 간절하게 구조 요청을 보내고 있는 것만 같았다. 아마도 여자는 몇 시간 전 자신을 향해 소리치고 도망치듯 떠나버리고 나서 지금은 어딘가 어두운 곳에 숨어 있는 것이 아닐까.

여자가 소리쳤을 때 그는 사실 아무것도 듣지 못했다. 귓속에 이명이 울렸다. 그가 보고 있었던 것은 흥분으로 크게 벌어진 여자의 눈동자 속에 드러나 보일 것만 같았던 여자의 내면이었다. 겉은 멀쩡해 보여도 속에는 온갖 균열이 가 있고, 닦아내기 어려울 만큼의 녹이 슬어 있는 것만 같은 여자의 속이 그의 눈에 보일 것만 같았다.

그는 고개를 돌려 여자를 처음 보았던 날 여자가 서 있었던 유리 진열장 쪽을 바라보았다. 그는 자리에서 일어나 그 앞까지 걸어갔다. 몇 분 걸리지 않는 그곳까지 가는데 이마에서 식은땀이 흘러내렸다. 이제는 집에 가서 쉬지 않으면 자신의 몸이 감당할 수 없으리라는 예감이 들었다. 그렇지만 그는 마지막 남은 힘을 다해 진열장 안을 들여다보았다. 사람들이 모두 떠나간 지금 이 시간에도 유리 진열장 안에는 미라의 두 손을 감싸고 있던 악수 한 켤레가 조용히 놓여 있었다.

그는 한쪽 손을 들어 올려 여자가 그날 손을 가져다댔던 유리를 더듬어보았다. 손바닥이 닿자 금세 유리에 희끗한 습기가 차올랐다. 그는 자신도 모르게 얼른 손을 떼어냈다. 유리에서 서서히 사라져가는 자신의 흔적을 바라보며 아찔한 고통을 맛보았다. 자신의 생이 끝나가고 있음을 절감하는 이 순간에 그는 간절하게 그 여자의 손에 자신의 손을 포개놓아보고 싶어졌다.

4장

거스르다

현장에서 막 스물두 개의 상자가 보존과학실로 운송되어 왔다. 백제 때 소실된 절터에서 출토된 것들이었다. 그는 상자들을 하나씩 열어볼 때마다 심호흡을 했다. 저마다 온전한 사물을 이루고 있던 파편들이 뒤섞인 채 두서없이 담겨 있는 상자들. 이 안에 담겨 있는 조각들을 가지고 이번에는 또 얼마나 온전한 형태들을 재현해낼 수 있을까.

그 일에는 역사적 지식과 과학적 기술력만 동원되는 것이 아니었다. 동물적 감각과 무엇보다 물리적인 시간이 절대적으로 요구되었다. 그는 자신의 앞에 펼쳐진 잔해들 앞에서 막막해졌다. 또 다른 시작인 것이었다. 본래 무엇의 일부였는지 알아보기 어려울 만큼 부서진 잔해들의 모서리가 유독 날카로워 보였다. 문득 자신에게 얼마만큼의 시간이 남아 있는지 의문이 들었다.

그는 오랜 시간에 의해 부서지는 것들을 보존하는 일을 배우고 싶어 대학에 갔지만 막상 전공에 아무런 흥미도 느끼지 못하고 있었다. 막연하게 시간과 싸우고 싶다는 욕망에 이끌려서 선택한 학과였다. 그러나 시대별 고미술의 양식, 기법, 제작연도 따위를 통째로 암기해야 하는 수업에 그는 지쳐가고 있었다.

스무 살의 그는 또래들과 다르게 자신의 삶이 이제 거의 중반부를 넘어섰다는 사실을 냉정하게 인식하고 있었다. 엄마가 죽었던 그 나이까지 불과 십오 년도 채 남지 않은 것이었다. 그러므로 그는 결단을 내려야 했다. 헛된 곳에서 시간을 낭비할 수는 없다고 생각했다.

남은 시간을 더욱 값지게 보낼 수 있는 일을 찾고 싶었다. 무수히 여자를 만나 사귀고 잠을 자고 집시들과 어울려 춤을 추고, 한 철은 빙산의 기슭에서 또 한 철은 찌는 듯한 열대림 속에서 보내는 것이 나을 거라고, 때로는 악인의 얼굴로 기억되었다가 어느 때는 순결하고 숭고한 종교인처럼 기억되는 시간을 보내보고 싶다고, 전쟁터에서는 포로를 풀어주고, 에이즈 확산 지대에서 수많은 여자들과 동침을 해볼 거라고, 무수히 많은 관광객들의 기념사진마다 출몰하는 그런 유령 같은 삶을 사는 것이 나을 거라고 그는 생각해보곤 했다.

다른 사람들에게는 아직 죽음이 오랜 뒤의 일이라 대학을 졸업하고 직장을 얻고 삶의 터전을 마련하는 것이 중요하겠지만 그는 달랐다. 삶이 얼마 남지 않은 그에게는 더 이상 그런 것이 중요하지 않았다. 그는 아마도 엄마와 같은 수순을 밟아갈 테니까. 급격히 몸이 쇠약해지

다가 죽어버린 엄마와 같이.

*

영원히 살 것처럼 건강해 보였던 엄마는 서른을 갓 넘기자마자 눈에 띄게 망가져갔다. 엄마의 몸에 숨겨져 있던 유전병의 잔인성을 모두들 지켜볼 수밖에 없었다. 시간은 엄마의 몸을 깎아 지르는 경사면처럼 타고 유독 아찔할 정도로 빠르게 흘러가고 있었다.

엄마는 그즈음부터 눈이 침침해져 두꺼운 안경을 써야만 그의 얼굴을 알아볼 수 있었고, 피부가 노인처럼 거칠어졌으며 관절 마디들이 녹아내려 잘 걸어 다니지도 못하게 되었다. 그것은 단숨에 엄마의 몸에 일어난 변화였다. 엄마는 매 순간 죽음을 향해 가고 있는 몸의 변화를 유독 그에게만 숨기지 않았다.

엄마는 몸을 씻거나 옷을 갈아입을 때면 사람들의 시선에서 벗어나고 싶어 했다. 그들이 지켜보는 것을 허락하지 않았다. 사람들은 자신과 다른 존재를 두려워하는 법이라고 엄마는 방문을 잠그며 그에게 속삭이곤 했다. 그러곤 아들과 은밀한 세계를 공유할 수 있다는 사실이 즐거운 듯 웃어 보였다. 엄마는 그의 눈앞에서 자신의 죽어가는 몸을 스스럼없이 드러내곤 했다. 한 겹씩 엄마의 몸을 감싸고 있던 의복이 벗겨질 때마다 그는 얼마나 빠르게 죽음이 엄마의 몸을 도려내고 있는지 똑똑히 바라볼 수밖에 없었다. 엄마는 그 불가해한 몸의 기록을 오히려 그가 똑똑히 보고 기억해주기를 바라는 것 같았다. 어제와 다르게 급격히 주름이 잡혀나가기 시작하던 엄마의 아랫배. 탄력 있게 출렁이던 엄마의 가슴에 순식간에 돋아나 있던 죽음의 검버섯들. 모자를 벗으면 드러나 보이던 엄마의 두피.

엄마는 그를 똑바로 바라보며 이렇게 말하고 있는 것 같았다. 이 모든 과정을 직시해라. 머지않아 너에게도 시작될 일이니까. 네가 두려워하고 피한다고 도망칠 수 없는 것이 죽음이라면 차라리 눈을 크게 뜨고 지켜보렴. 엄마는 그때 어린 그에게 온몸으로 그렇게 말하고 있는 것만 같았다. 그는 그런 엄마의 몸에 찾아오는 죽음을 외면하지 않고 바라보았다. 죽음의 세계로 스며들고 있는 엄마의 몸은 그 무엇보다 가까웠지만 한편 섬뜩할 정도로 낯설기도 했다.

*

서른 살이 되기 전의 엄마는 누구보다 건강하고 아름답고 목소리가 카랑카랑했었다. 도전하기를 두려워하지 않았고 세상에 대한 넘치는 호기심으로 자투리 시간에도 손에서 책을 놓지 않았다. 과제를 하다가 물어보면 무엇이든 알려주곤 했다. 그렇게 엄마가 알려준 지식들은 생생하게 다가왔기에 나이가 들어도 기억에서 잊히지를 않았다. 엄마는 학교에서 받아온 프린트물의 오류를 수정해주었고, 연대표를 그대로 암기하는 것이 과제였던 날에는 그것들 간의 맥락을 형성할 줄 알아야 한다고 말해주었다.

그에게는 엄마를 따라 마을에서 가장 큰 낙엽을 주워오는 시합에 나갔던 기억이 남아 있었다. 엄마 손을 잡고 저녁이 되도록 낙엽을 주우러 다녔다. 어딘가에 감추어져 있을 더 큰 낙엽에 대한 들뜬 기대감으로 엄마와 그는 점점 더 깊은 산속으로 멈추지 않고 들어갔었다. 그러다가 아주 컴컴해진 산속을 돌아 나와야만 했었다. 그날 엄마는 그들이 모아온 낙엽의 잎맥을 달빛에 하나씩 비추어보며 말했다. 낙엽의 잎맥은 사람의 손에 새겨져 있는 손금과도 같은 거라고. 엄마는 낙엽을 들여다보며 그것의 운명을 점쳤다. 그거 아니? 이 낙엽은 흙으로 돌아간 뒤에 달팽이가 될 운명이야. 그리고 네가 주워온 이 낙엽은 훗날 새가 될 운명이구나. 가슴에 흰 털이 돋아난 회색 빛깔의 새. 엄마 그럼 이 낙엽은요? 그가 그렇게 물었을 때 엄마는 다소 쓸쓸한 얼굴이 되어서는 말했다. 이 낙엽은 혼자서 살아가는 사람으로 태어날 거야. 조금은 외롭겠는데? 그걸 어떻게 알아요? 그가 묻자 엄마는 잎맥의 한 부분을 가리키며 말했었다. 여기를 봐. 자세히 들여다보면 모든 존재의 몸에는 자신의 운명이 어떠한 무늬처럼 아로새겨져 있어. 그건 모든 살아 있는 것들이 다 그래. 너의 손에도 너의 운명이 새겨져 있단다. 그러고는 엄마는 그의 손바닥을 한참 동안 들여다보았다.

그는 기억했다. 그때 자신의 가슴이 얼마나 떨리고 엄마가 바라보고 있던 손끝 또한 얼마나 찌릿했는지. 그리고 이유도 모른 채 얼마나 불안해했는지. 엄마가 자신의 손바닥에 새겨진 무늬를 엿보던 그 순간 그는 눈앞이 컴컴해지며 거대한 우주에서 혼자 고립된 것 같은 외로움을 느꼈다. 그러나 숨 막히게 두려워하고 있던 그의 운명을 엄마는 점쳐주지 않았었다. 대신에 엄마는 그의 눈을 들여다보며 한 자 한 자 허공에 새기듯 말했다.

너의 손금은 자라나고 있다고. 지금 이 순간에도 어떤 선택을 내리는지에 따라 운명은 수시로 달라질 수 있는 거라고. 그날이 죽기 사흘

전이라 할지라도, 아니 하루 전이라 할지라도. 너는 그 순간부터 전혀 다른 너만의 삶을 살아볼 수 있는 거라고. 그러니 언제가 되더라도 네가 방향을 틀고 싶을 때가 찾아온다면 그때는 망설이지 말라고. 주저 말고 네가 원하는 운명의 길로 걸어 들어가라고.

*

스무 살 때 그는 자신의 손금을 들여다보며 좌절했다. 만일 지금 죽은 엄마를 만날 수만 있다면 엄마에게 따져 묻고 싶었다. 그때 내 손금에서 무엇을 보았던 거냐고? 이토록 오랜 시간 동안의 지독한 고독함과 죽음에 대한 두려움으로 점철된 삶을 엄마는 미리 엿보지 않았었느냐고? 그런데도 아들의 운명 앞에 어쩌면 그렇게 태연할 수 있었던 거냐고. 자신은 이제 얼마 남지 않은 시간을 무엇을 하며 살아야 하는 거냐고.

날마다 잠을 이루지 못할 만큼 그는 초조했다. 시간을 낭비하고 있다는 생각에 한번 사로잡히면 초침 소리가 몸을 저며 오는 것같이 들리기도 했다. 조금이라도 무언가에 집중하려면 집 안에 있는 모든 시계에서 배터리를 빼야 했다. 강박에 싸인 지 불과 한 달 만에 그는 보기 힘들 정도로 말라 있었다. 그런 그가 기어이 자퇴서를 들고 교수실을 찾아갔을 때였다. 그런데 교수는 그의 전공에 대한 회의감에 대하여 잠자코 듣고 있다가 뜻밖의 제안을 내놓았다. 마지막으로 자신을 따라 발굴 현장에 한번 나가보고 결정해도 늦지 않을 거라는 말이었다.

그렇게 찾아가게 된 첫 발굴 현장은 강원도의 어느 산기슭이었다. 경사면을 따라 계단식 녹차밭이 끝없이 이어져 있는 그곳에서 옛 절의 잔해들이 발견되었다고 했다. 최초 발견자는 녹차 밭에 둘러싸여 있던 조상의 묘를 이장하려던 가족이었다. 그들이 부른 인부들이 관을 찾아 땅을 깊이 파내려갔을 때였다. 인부는 관이 조금 이동을 한 모양이라며 끝없이 땅을 파냈다. 그러다가 삽 끝에서 기와의 파편들이 딸려 나오기 시작한 것이었다. 흙을 털어낼수록 파편들은 오묘한 청색을 띠었다. 그것을 시작으로 녹차 밭 아래에 숨죽인 채 사백 년을 머물러 있던 사찰의 흔적들이 출토되기 시작했던 것이다.

그는 호미로 조심스럽게 땅을 파헤치기 시작했다. 교수는 무엇이든 발굴하면 무조건 옆에 있는 상자에 넣으라고 일렀다. 그 어떤 파편도 소홀히 여기면 안 된다고 했다. 땅속에서 무엇을 발견하게 될지 아무도 모르는 일이었다. 흔하다는 이유로 폐기한 기와 조각에 절이 건립된 사연이 은밀하게 새겨져 있는 경우도 있다고 했다. 그러므로 어떠한 기와의 파편도 소중히 상자 안에 넣어 그것들을 퍼즐을 맞추듯 복원하는 작업이 필요하다는 것이었다.

그는 출토된 조각에 새겨진 흠집들을 세밀하게 눈여겨보았다. 그 흠집이 사실은 은폐되어버린 거대한 역사 기록의 일부일 수도 있고, 밀서에서 떨어져 나간 글자의 한 획일 수도, 구두점일 가능성도 있기 때문이었다.

사백 년 전 온전한 절을 이루고 있던 파편들을 마주칠 때마다 그는 손끝에 찌릿한 전율을 느꼈다. 시간이 흐를수록 그 일에 점차 홀린 듯 매료되어가고 있었다. 어느덧 녹차 밭에는 어둠이 몰려오고 있었다. 환한 빛 아래 짙은 녹색을 띠며 바람에 흔들리던 그것들이 어느 순간 사람들이 수런대는 듯이 들려왔다. 그는 등을 굽히고 땅에 무릎을 댄 채 작업을 쉬지 않았다. 함께 작업에 참여하고 있던 자들이 숙소로 돌아가고 난 뒤에도 그는 홀린 듯 혼자 현장에 남아 있었다.

흙 속에서 건져 올린 조각들은 모두 수백 년이라는 시간 속에 소멸되지 않고 이 세상에 남아 있는 것들이었다. 그는 그제야 학교에서 배운 기술 이론이나 연대표가 어떤 의미인지 깨닫게 되었다. 어떻게든 그 오랜 시간과 싸워 남은 조각들을 복원하는 일에 매달려보고 싶었다. 과학적 제반이 약하면 이렇게 발굴된 모든 것들을 무의미하게 만들어버릴 수 있다. 그러나 철저한 계산과 기술력 그리고 물리적 시간을 동원하면 시간의 흐름 속에서 끝내 소멸되지 않고 남아 있는 이 조각들이 시간을 거슬러 원래의 모습을 되찾을 수 있을 거라는 사실이 흥미로웠다.

일종의 시간과의 싸움이었다. 누구보다 활기차게 살았던 엄마의 몸에서 순식간에 젊음을 앗아가버리고, 엄마의 삶을 함몰시켜버렸던 시간. 자신이 태어날 때부터 자신의 피 속에 스며들어 자신의 영혼을 흡착하고 유린하고 있는 시간. 자신의 몸속을 흘러다니고 있는 녹슨 면도날 같은 시간. 그 시간이 난도질해버린 것들을 그는 끈질기게 자신의 남은 생을 다해 재조립하고 싶었다.

그 순간 그의 머릿속에는 부서져 매몰되었던 사찰이 녹차 밭 한가운데 소리 없이 재건되기 시작했다. 무너져내렸던 일주문이 솟아오르고, 시간에 의해 빛바랜 천왕문 너머 사천왕의 위엄이 어둠 속에서 산자들을 위협하기 시작했으며 지붕 어딘가에 매달린 채 녹이 슬어 있던 청동 종은 어둠 속에 녹을 털어내며 저승에서 건너온 듯 믿기지 않는 소리로 울리고 있었다. 그는 손을 머리 위로 올려 자신이 조금 전부터 쓰고 있었던 머리띠에 부착된 랜턴을 밝혔다. 무릎을 펴고 일어나 어둠 속을 겨누고 있는 불빛을 바라보았다. 그 불빛 끝에 닿은 것은 분명 사백 년 전 사찰의 일주문인 것 같았다.

*

그러나 그는 지금 상자 속 파편들을 내려다보며 그때의 설렘을 느낄 수가 없었다. 이제는 모든 것이 끝을 향해가고 있었다. 흙먼지 날리는 현장에서 운반되어 온 상자 속 파편들이 마치 시간이 보낸 어떤 통고 장처럼 여겨졌다.

그는 무력하게 상자 속을 들여다보았다. 날카롭게 드러난 파손의 흔적들. 자신의 삶 또한 그렇게 무너져내리고 있음을 느꼈다. 얼굴에 흙먼지가 내려앉은 채 수차례 보존과학실로 상자를 나르고 있는 현장팀원들은 멍하니 앉아 있는 그의 얼굴을 흘끗 거리며 지나쳐가고 있을 뿐이었다. 그들은 그의 반응이 평소와 다르다는 것에 의아해하고 있는지도 몰랐다.

평소의 그라면 흥분에 사로잡힌 눈으로 그들이 상자를 내려놓기도 전에 그들에게 다가갔을 터였다. 그러고는 무엇이 발견되었는지, 혹시 아직 미궁에 빠져 있던 역사적 맥락을 완성해줄 만한 놀라운 발견은 없었는지 피로한 그들을 향해 집요하게 묻고 또 물었을 것이었다.

그러나 평소와는 다르게 무력하게 상자 앞에 앉아 있는 그를 향해 한 남자가 다가오고 있었다. 이제 막 삼 년 차에 접어든 후배 학예사였다. 유독 살가운 성품을 가진 후배는 사람들과 가까워지려는 노력을 하지 않는 그에게도 곧잘 친근하게 다가와 먼저 인사를 하고 안부를 묻곤 했다. 그의 앞까지 다가온 후배가 그의 작업실 책상을 몇 번 두들겼다. 그가 후배의 얼굴을 올려다보자 후배는 시원스러운 말투로 가감 없이 그에게 말했다.

"선배님도 다음번 현장에는 오랜만에 같이 나가보시죠? 날마다 너무 연구실에만 갇혀계셔서 그런지 얼굴이 상하신 것 같습니다."

그는 자신의 얼굴을 쓸어내리는 동시에 후배의 눈을 피하며 짧게 대꾸했다.

"아니, 됐어. 잘 알겠지만 나는 현장 타입이 아니라서. 나는 그저 여기에서 내 할 몫을 다하는 것으로. 이제 그만 가서 쉬지그래."

후배는 연구실을 돌아나가며 다시 넌지시 말을 건넸다.

"선배님, 다음 일정은 이 주 뒤에 잡혀 있습니다. 눈 내리기 전에 서둘러 끝내야 한다고 들었어요. 종종 폭설이 내리는 지대라고 하더라고요. 땅만 깊이 파놓은 상태에서 눈이 내리면 아주 골치가 아프니까요."

아마도 현장에 나오라고 한 번 더 넌지시 권유하고 싶은 모양이었다. 그러나 그는 후배의 말을 귀 기울여 들을 수 있는 상태가 아니었다. 그는 또다시 눈앞이 급격히 흐릿해졌다. 방금 전가지만 해도 위협적으로 느껴졌던 파편들의 날카로운 모서리들이 둥글게 녹아내리고 있는 것 같았다. 그는 아직도 자신을 바라보고 있는 듯 느껴지는 후배 쪽을 향해서 고개만 간단히 끄덕였다. 그러고는 시선을 피해 일에 몰두하는 척했다.

후배가 문을 닫고 나간 뒤에 그는 참고 있던 숨을 내뱉었다. 두 손으로 자신의 눈을 비볐다. 그렇지만 눈을 다시 떴을 때에도 앞은 흐릿할 뿐이었다. 언제나 온도와 습도가 일정하게 맞추어져 있는 보존과학실에 어느덧 부연 안개가 가득 차올라 있는 것만 같아 보였다. 그는 손을 내밀어 자신의 눈앞에 드리워진, 허상일 게 분명한 안개를 휘저어보았다.

그는 지난 오 년간 이곳에서 일하는 동안 현장에 나간 적이 거의 없었다. 누군가를 대신해 당직을 여러 번 서는 게 차라리 나았다. 뙤약볕 아래서 오랜 시간 몸을 혹사하고 싶지 않았기 때문이었다. 자신의 몸은 공기와 습도에 아주 취약한 유물과 다를 바 없었다. 함께 일하는 동료들이 그 사실을 눈치채지 못하고 있을 뿐이었다. 그는 스스로의 몸을 챙겨야만 했다. 자신의 몸을 시간의 공격 앞에 속수무책인 유물처럼 조심스럽게 다루어야 했다. 그렇게라도 하지 않는다면 자신에게 유독 공격적인 시간은 더욱 날을 세워 자신을 공격해올 위험이 있다고 판단했기 때문이었다.

그것은 어디까지나 자신에게 닥쳐올 죽음의 순간을 조금이나마 지연시키기 위한 그 나름의 원칙이었으며 어느 순간부터는 거의 강박처럼 그를 지배하고 있었다. 때로 그는 모두가 다 외부에 나가 있는 어느 날에도 홀로 남아 있어야 했다. 어떻게든 매연과 소음으로 가득한 대낮의 거리에 나가는 걸 극도로 피했다. 낯선 곳으로의 여행은 더더군다나 하지 않은 지 오래였다.

아무도 없이 혼자 남아 있는 보존과학실에는 천장에 숨어 있는 온갖 장치들이 습도와 온도를 조정하기 위해 작동되고 있는 소리만이 들려오고 있었다. 그는 후배가 두고 간 상자를 조심스레 열어보았다. 얼굴의 대부분이 떨어져나간 악귀상이 들어 있었다. 그 시대 사람들이 상상한 악귀의 얼굴이 돌에 음각되어 있었다.

악귀상은 보통 액운을 물리치기 위해 사찰을 지을 때 기둥 밑에 깔아두곤 하는 상징물이었다. 때문에 보존율이 높은 편이었으나 대개가 이렇게 조각난 상태로 출토되곤 했다. 조각난 악귀상에 남아 있는 한쪽 눈은 익살스럽게 웃느라 초승달 모양으로 휘어 있고 코는 살짝 들린 들창코였다.

얼굴의 나머지 부분은 잘려나가고 없었다. 운이 좋다면 다른 상자 속에서 발견될 수도 있었지만 아예 유실되었을 가능성도 있었다. 그는 상상으로 악귀상의 온전한 얼굴을 그려보았다. 노인 같기도 하고 아이 같기도 한 악귀의 얼굴이 그를 향해 히쭉 웃고 있었다. 날카로운 송곳니가 웃느라 벌리고 있는 입속에서 번들거렸다. 그 얼굴은 마치 그의 삶 전반을 비웃는 것만 같았다.

자신에게 닥쳐올 죽음을 두려워하느라 막상 하루도 마음 편히 살아보지 못한 그의 삶을, 단 한 번도 세상과 사람들 속으로 걸어 나가보지 못한 비겁한 그를 조소하는 것만 같았다. 그는 악귀상을 작업대 위에 올려놓고 세척 작업에 들어가기 위해 스탠드 불빛을 켰다. 또다시 눈앞이 흔들리며 악귀상의 조각난 얼굴이 그의 눈앞에서 희미해졌다. 이제는 정말 물러나야 할 때가 된 것일까. 더 이상 자신이 여기에 버티고 앉아 있는 것이 오히려 무책임한 일일지 모른다는 생각이 들었다.

그는 고개를 들어올렸다. 오늘의 작업은 뜻하지 않게 여기서 종료해야 할 것 같았다. 악귀상의 온전한 얼굴을 되찾고자 하는 복원에 대한 욕망이 앞섰지만 몸이 따라주지 않았다. 그는 어느덧 흐릿해져서 잘 보이지 않는 악귀상의 조각난 웃음을 바라보며 이제 제법 가까이 다가와 있는 죽음의 기운을 느꼈다. 눈을 질끈 감아버렸다.

눈을 감고 몇 번의 심호흡을 하자 컴컴한 눈앞에 희끗한 영상이 하나 떠올랐다. 이미 깊은 무의식의 세계에 밀어 넣어버렸던 어떤 기억의 한 조각인 것 같았다. 그는 오히려 눈을 뜨고 보는 세계보다 더욱 선명하게 보이는 그 장면에 몰두했다.

컴컴한 산중의 허공에 희끗하게 눈발이 내리고 있었다. 저 멀리 유물을 발굴하기 위해 모여 있는 현장의 팀원들이 머리에 랜턴 불빛을 켠 채 분주히 움직이고 있었다. 흙에 뒤덮여 있다가 출토된 유물 위에 눈이 내리면 유물이 변질될 위험이 있기 때문이었다. 그들의 그러한 절박함은 아랑곳하지 않고 눈은 잔인하게 내리고 있었다. 누군가의 죽음을 유기하기 위해 파놓은 깊은 구덩이 같은 발굴 현장에 내리고 있는 눈송이들이 그는 죽음처럼 보였다. 죽음은 눈에 보이지는 않아도 언제나 우리 머리 위로 일정하게 떨어져 내려 삶의 윤곽을 뒤덮어버리는 선뜩한 비늘들인 것이었다.

*

　서울시 중계동에 위치한 상가 건물이 새벽 두 시경 화염에 휩싸였다. 지하 노래방에서 시작된 불길은 걷잡을 수 없이 번져서 일층 부동산으로, 이층 당구장으로 그리고 삼층에 자리 잡고 있는 다섯 개의 원룸을 불태웠다. 현장에서 노래방에 불을 지른 용의자로 외국인 노동자가 체포되었다. 올해로 32세가 된 외국인 노동자는 나이를 26세라 속이고 불법으로 노래방 도우미 일을 해온 지 팔 개월이 되어가고 있었다.

　업소 사장은 외국인 노동자의 신분상 약점을 이용해 지속적으로 월급 지불을 미루어왔으며 이차를 나가지 않으면 당국에 신고하겠다는 협박을 일삼았다. 그것으로 끝이 아니었다. 종종 강제로 이차를 마치고 돌아온 외국인 노동자를 또다시 폭행했다.

　네팔에서 온 여자는 지난 팔 개월 동안 하루도 네 시간 이상 잠들지 못했다. 그런 생활을 견디다 못해 여자는 업장에 석유를 뿌린 뒤라이터 불을 던졌다. 여자는 죽으려 했다고 말했다. 사장도 죽이고 자신도 그 자리에서 죽겠다고 결심하고 저지른 일이었다고, 더 이상 살고 싶지 않았다고. 그러나 그녀와 그녀가 죽이려 했던 사장은 살아남았다.

　막상 여자가 지른 불에 목숨을 잃은 건 삼층 원룸에 잠들어 있던 사람들이었다. 근교 대학생 셋과 일가족 넷, 그리고 열두 살짜리 초등학생과 그 학생의 보호자였던 연로한 할머니가 질식사했다. 그들은 전부 다 새까맣게 연소되었다. 그들의 얼굴은 화상에 녹아내려 거의 알아보기 어려울 지경이었다. 길거리에 줄지어 누인 채 천에 덮여 있는 그들은 신원 확인조차 어려웠다. 멀리서부터 연락을 받고 유가족들이 찾아오고 있는 중이었다. 아예 유가족과 연락이 닿지 않는 경우도 있었다.

화재 진압 작업은 시간이 관건이었다. 소방법마저 어기며 난립으로 지은 건물들이 밀집해 있는 지역이었으므로 화재 진압이 더디면 불길이 어디까지 번지게 될지 모르는 일이었다. 일단 소방대원들은 불길 잡기에 전력을 다하고 있었다. 느낌이 좋지 않았다. 그날따라 북동쪽에서 불어오는 바람이 너무나 거세고 건조했다. 긴장감이 현장을 분주히 오가는 사람들의 얼굴을 짓누르고 있었다. 동네 주민들은 소란스러운 소리에 잠을 자다 말고 몰려들어 불구경에 한참이었다. 사람들은 가까스로 자신들을 피해간 죽음의 운명을 목도하며 저마다 오히려 오랜만에 깊은 안도감을 느끼고 있는 중이었다.

*

감기약을 먹고 깊이 잠들어 있던 여자에게 전화가 온 건 새벽 세 시경이었다. 아마도 현장에는 이미 연락을 받고 사무실 팀원들 몇몇이 나가 있는 모양이었다. 갑작스러운 재해 현장에서 억울한 죽음을 맞닥뜨린 사람들. 그들의 신원을 확인하고 재해 현장에 도착한 유가족들을 위안하는 일 역시 여자가 해야 하는 일 중 하나였다.

그녀는 독한 약에 취해 비틀거리며 일어났다. 수화기 저편에서 들려오는 주소를 받아 적기 위해 곁에 세워두었던 가방에 손을 집어넣어 다이어리를 찾아 꺼냈다. 펜을 찾기가 어려워서 가방을 엎어 속의 것들을 쏟아냈다. 그녀는 아직 정신이 완전히 맑아지지 않은 상태였는데도 습관적으로 펜을 찾아 쥐고 다이어리의 한 면을 펼쳐 메모를 마쳤다.

서울 중계동 화재 사건. 사망자 9. 부상자 3.

전화를 끊고 난 뒤 그녀는 막 가방 속에서 쏟아져 나와 방바닥에 뒹굴고 있는 생수병을 주워들었다. 미지근해진 물을 입안에 털어넣었다. 정신을 다잡고 물건들을 챙겨 가방 안에 넣던 중에 그녀의 손이 멈칫거렸다. 그녀는 무언가를 물끄러미 바라보다가 그것을 끌어당겼다. 미라 특별전 안내 팸플릿이었다. 버리지 못하고 며칠째 들고 다니던 그것.

그녀가 그것을 버리지 못하고 있는 것은 무엇 때문일까. 그녀는 모퉁이가 닳아 있는 안내 팸플릿을 넘겨보았다. 피로함과 감기 기운으로 인해 충혈된 그녀의 시야에 전시회장에서 보았던 미라의 악수와 저고리 버선 등의 사진들이 들어왔다. 그녀의 시선은 팸플릿의 맨 마지막 장 끝자락에 작게 인쇄되어 있는 책임자의 이름과 전화번호에 닿아 있었다.

오래도록 망설인 끝에 휴대폰을 주워 들었다. 그러고는 휴대폰에 그의 이름과 전화번호를 입력하고 이번에는 삭제하지 않았다. 이토록 다급한 상황 속에서 왜 이런 행동으로 시간을 끌고 있는 것인지 스스로 생각해도 잘 이해가 가지 않았다. 그렇지만 그녀는 그렇게 함으로써 어느 정도 마음이 가라앉았다. 고열로 펄펄 끓어오르는 몸뚱이를 이끌고 다시 누군가에게 닥쳐온 재해 현장으로 출동할 수 있는 힘이 비축된 것 같았다. 자리에서 일어났다.

*

그녀는 현장에 도착하자마자 매캐한 유독 가스에 숨을 쉬기조차 힘들었다. 여러 대의 소방차가 물을 내뿜고 있었으나 불길은 금세 잡힐 것 같지 않았다. 스프링클러도 작동되지 않았고 경보음조차 제때 울리지 않은 모양이었다. 게다가 현장에 먼저 출동해 있던 신참 직원은 그녀에게 고개를 절레절레 가로저으며 말했다.

"엉망이에요, 엉망. 옥상 문만 열어두었더라도 몇 사람은 살릴 수 있었어요. 그런데 아마 애들이 자꾸 옥상에 가서 담배를 피운다고 주인 할머니가 그마저도 잠가두었던 모양이더라고요. 사람들 대부분이 옥상 문 앞에서 발견되었잖아요. 문이 안 열리니까 끝내 질식한 거지요."

그는 그렇게 말하며 시신들을 모아놓은 쪽을 고갯짓으로 가리켰다. 직원이 그녀에게 담배 한 개비를 꺼내 내밀며 말했다.

"술을 먹고 올 수는 없고. 이거라도 한 대 태우실래요?"

그녀는 고개를 가로저었다. 대신 가방에서 생수병을 꺼내 들었다. 남아 있던 물로 매캐해진 목구멍을 씻어 내렸다.

그는 입사 삼 개월도 안 된 신출내기답게 아무래도 오늘 자신이 맡은 일이 부담스러운 모양이었다. 덥수룩한 머리와 아직 서른도 되지 않은 나이에 셔츠 단추가 터질 듯 아랫배가 나와 있어서인지 제법 게을러 보이는 인상의 남자였다. 이곳에 입사한 이유가 결혼을 하기 전에 아이가 생겼기 때문이라고, 회식 날 얼굴을 붉히며 말하던 장면이 그녀의 머릿속에 떠올랐다. 그는 지금 몹시 초조해 보였다. 아무리 돈을 벌기 위해 어쩔 수 없이 하는 일이라지만 끝내 버티지 못하고 나가는 사람들을 그녀는 숱하게 봐왔다.

팀장이 지금 눈앞에서 잔뜩 겁을 먹은 채 담배를 태우고 있는 남자는 그래도 조금 오래갈지도 모른다고 귓속말을 해왔다. 책임질 식구가 있으므로 아무래도 더 오래 버틸 수밖에 없을 거라는 말이었다. 그러나 그녀가 볼 때 그는 아무래도 오래 버티지 못할 것 같았다.

만일 그가 지금 여기에서 도망친다면 그는 아마도 다른 일을 찾는다 하더라도 그 일 역시 빠르게 포기하게 될 가능성이 높았다. 어디서든 독하게 버티는 자만이 서바이벌 같은 도시 세계에서 살아남을 수 있는 것이라는 게 그녀의 생각이었다. 그녀는 물로 목을 씻어 내린 뒤 보란 듯 길 한쪽에 줄지어 놓여 있는 시신들을 향해 걸어갔다. 신참 직원이 급하게 담배를 발로 밟아 끄고는 엉거주춤 그녀를 따라왔다.

시신들을 향해 그녀가 작업을 하러 다가가는 모습을 멀리서 지켜보던 구급대원이 달려왔다. 그러고는 그녀에게 파일철을 내밀며 다급한 목소리로 말했다.

"빨리 시작해주세요. 이제 출근 시간이 다 되어가서 진입로에서 차들도 빼내야 합니다."

그녀는 파일을 열어보았다. 건물 삼층 원룸에 살았던 사람들의 신분증 사진들이 흑백으로 인쇄되어 있었다. 대학생들의 사진은 아직 올라와 있지 않았다. 아무래도 보호자들이 현장에 도착한 뒤에야 신분 확인이 가능할 터였다. 그녀는 우선 사진 속 얼굴과 나이, 이름을 하나씩 눈으로 확인하며 넘어갔다.

갑작스러운 재해로 한날한시에 목숨을 잃은 사람들이었다. 사진 속 얼굴은 모두 평온해 보였다. 어디에도 갑작스럽게 그들의 삶을 덮쳐올 죽음의 그림자 따위는 찾아볼 수 없었다. 심지어 어떤 이는 자신의 미래를 낙관한 듯 입꼬리를 올리며 환하게 웃고 있었다.

그녀는 죽은 자들을 향해 다가갔다. 예우를 갖추듯 바닥에 한쪽 무릎을 대고 꿇어앉았다. 마치 현장에 찾아온 저승사자처럼 무표정한 얼굴로 그녀는 한 사람을 뒤덮고 있는 천의 끄트머리를 열어보았다. 처참했다. 방금 전 훑어보았던 사진 속 인물들 가운데 누구와 일치하는 자인지 전혀 알아보기 어려웠다. 가족이 온다 하더라도 알아보기 힘들 것 같았다.

머리카락이 녹아내린 자리에서는 단백질이 탄 냄새가 진동을 했으며, 입술이 녹아내려 잇몸이 드러나 보였다. 그녀는 얼굴을 조금도 일그러뜨리지 않은 채 차분하게 특징적인 면모들을 찾아냈다. 이를테면 목덜미에 커다란 점이라든지 손등에 남아 있는 흉터나 몸에 남아 있는 화상 자국 등 가족들이 기억하고 있을 만한 그들의 신체적 특징들을 찾아내 메모를 시작했다. 그들이 착용하고 있는 액세서리들을 파일에 메모해두는 것 역시 잊지 않았다.

아이인 경우에 그녀는 대조해볼 사진은 갖고 있지 않았지만 만약의 경우를 위해서 천을 들추고 꼼꼼하게 특징들을 메모해두었다. 아주 간혹 아이의 부모가 신원 확인을 포기하거나 이성을 잃고 병원에 실려가는 경우가 발생하기도 하기 때문이었다. 그러한 경우에는 그녀가 대신하여 아이의 신원을 확인해주어야 했기 때문이다. 모든 과정을 마치고 난 뒤에야 그녀는 자리에서 일어나 뒤를 돌아보았다. 그제야 곁에서 지켜보고 있던 신참 직원이 자리를 떠나고 없다는 사실을 알아차리게 되었다. 현장에 나올 때마다 일을 확실하게 배워둬야 할 텐데. 그녀는 걱정스러운 표정으로 주위를 두리번대며 직원을 찾아보았다.

아침이 밝아오기 시작했다. 길이 혼잡해지고 있었다. 신경질적으로 울리는 경적 소리가 간혹 들려왔다. 그렇게 뒤엉킨 차량들을 이리저리 피해 걸어가는 행인들은 얼마 가지 않아 비탈면 아래까지 깔려 있는 연기 속으로 사라져버렸다. 그녀에게 그들은 지난밤 어쩌면 자신들에게 닥쳐왔을지 모르는 죽음을 운 좋게 피해 간 사람들처럼 보일 뿐이었다. 그들은 자신들에게도 언젠가 죽음이 엄습해올지 모른다는 사실 따위에는 오늘도 전혀 관심이 없어 보였다.

그녀는 구급대원에게 자신이 서명한 파일을 넘긴 뒤 사라진 신참 직원을 찾아 현장을 돌아다녔다. 그는 건물의 측면 담벼락에 위태롭게 등을 붙인 채 고개를 숙이고 서 있었다. 그녀는 다가가 시선을 마주 보려 했으나 그는 자꾸만 시선을 피했다.

그의 입가에 끈덕이는 침이 흐르는 것이 보였다. 아마도 골목 어딘가에서 토악질을 하고 나오는 길일 것이었다. 그는 오늘 처음으로 현장에서 시신을 본 것이리라. 그녀는 가방 깊숙한 곳에서 물티슈를 꺼내 여러 장 뽑아 그에게 건네주었다. 그가 그것을 받아 자신의 입가를 닦아냈다.

그가 안쓰럽다는 생각 따위는 들지 않았다. 다만 걱정될 뿐이었다. 이렇게 해서 어떻게 버틸 수 있겠는가. 그럴 거면 차라리 지금 깨끗이 그만두라고 다그치고 싶었다. 그러나 불안한 듯 몸을 떨고 있던 그가 먼저였다. 그는 불현듯 그녀의 눈을 똑바로 쳐다보더니 날카롭게 찌르고 들어왔다.

"사람 맞습니까? 어떻게 그런 얼굴들을…… 그렇게 똑바로 보실 수가 있나요? 선배님도 사람이지 않습니까. 무섭고 힘들면 적당히 피하기도 하셔야지요. 제가 보기에 선배님은 부러 보지 않아도 될 부분까지 애써 더 살펴보시는 것 같았습니다. 그런 식으로 일을 하다가는 오래 버티지 못하실 겁니다. 그런 선배님의 모습이 제 눈에 정상으로 보이질 않네요."

그녀는 어리둥절해졌다. 자신이 하려던 말을 그의 입에서 들었기 때문이다. 무언가 반박하고 싶었다. 훼손된 시신들을 살피는 동안 진정돼 있던 그녀의 눈동자가 심하게 흔들리기 시작했다. 그녀는 입을 벌려 무언가 말해보려 했으나 입술만 떨릴 뿐 어떠한 말도 끝내 내뱉지 못했다. 그런 그녀의 얼굴을 신참 직원이 토악질을 하느라 눈물이 고인 눈동자로 지켜보고 있었다. 그녀는 뒤돌아섰다. 그러고는 아무 말 없이 골목길을 돌아 나왔다.

　그녀는 매캐한 연기가 무겁게 가라앉아 있는 현장 쪽을 바라보았다.
연기를 뚫고 현장 속으로 걸어 들어가려 했을 때였다. 중년 여자가 날
카로운 비명을 지르며 울부짖는 소리가 들렸다. 그녀는 걸음을 멈추었
다. 한동안 자리에 붙박인 채 이 세상의 것이 아닌 것처럼 들려오는 기
괴한 비명 소리를 듣고 있었다. 저 여자는 누구의 유가족일까? 그녀는
방금 전 현장의 한쪽에서 냉정한 얼굴로 천 조각을 들추어내고 확인했
던 얼굴들이 하나씩 생생하게 떠올랐다.

　유독 아주 작은 체구를 가지고 있던 아이의 얼굴도 생각났다. 아이
는 보호자가 빠르게 업고 대피를 시켰던 모양인지 얼굴은 온전했다.
다만 연기에 질식하기 직전의 괴로움이 죽어 있는 아이의 얼굴을 교
묘하게 비틀어놓은 것 같았다. 너무나 고통스러웠던 나머지 아이의 뜬
눈은 흰자위만 드러나 있었다. 그녀는 그런 아이의 눈을 감겨주기 위
해 손을 뻗었다가 다시 거두었다. 자신이 중요한 정황 자료를 건드리는
것일 수도 있을 거라는 판단에서였다. 이런 상황에서 감정적인 대처는
오히려 방해가 될 수도 있었다.

　순간 주저앉을 듯 다리에 힘이 빠져버렸다. 그녀는 끝까지 냉정을
잃지 않으려 애쓰며 비탈길을 내려가기 시작했다. 그러나 현장으로부
터 멀어져가고 있는 그녀는 막상 어디로 가야 하는지 떠오르지 않았
다. 거리에 가득한 연기와 절규로부터 도망치듯 멀어져 가던 그녀는 차
도에 가로막혀 멈추어 섰다. 자신이 서 있는 곳이 어딘지 파악되지 않
았다. 다만 자신이 멈추어 서 있는 곳은 사차선 도로가 교차되고 있는

지점이었고, 근방에 버스 정거장이 있다는 사실만 어렴풋이 감지하고 있을 뿐이었다. 어디선가 밀려나온 무수한 사람들이 버스에 매달리듯 탑승하고 있는 중이었다. 그들이 카드 단말기에 카드를 읽히는 소리들이 귓가에 파고들었다.

넋이 나간 듯 가만히 멈추어 서 있는 그녀를 사람들이 신경질적으로 밀치며 지나갔다. 그럴 때마다 몸에 균형을 잃고 휘청거리면서도 그녀는 한자리에 꼿꼿이 서 있었다. 한바탕 소동이 지나간 뒤의 거리는 갑자기 적막해졌다. 그녀는 아직까지도 매캐한 연기 냄새와 단백질 타는 냄새가 자신을 따라붙고 있는 것만 같았다. 길이 잠시 조용해지자 문득 불에 타들어가 녹아내렸던 사람들의 얼굴이 눈앞에 생생하게 떠올랐다.

그녀는 더 이상 견딜 수 없어 떨리는 손을 가방 깊숙한 곳으로 집어넣었다. 휴대폰을 꺼내 들고 번호를 검색했다. 미라전 팸플릿 맨 뒷장 아래에 인쇄되어 있던 남자의 전화번호가 떠올랐다. 그녀는 잠깐 망설이다가 검은 재가 묻은 손으로 메시지를 썼다. 한참 만에 겨우 한 문장이 완성되었다.

혹시 저 기억하시나요?

아마도 그는 지금쯤 그녀의 눈이 언제나 가닿았던 경복궁의 고궁박물관에 있을 터였다. 그는 하얗고 정갈한 작업복을 입고 또다시 망가진 유물을 복원하기 위해 작업대 앞에 앉아 있을 것이다. 눈앞에는 오랜 시간 동안 서서히 훼손된 유물이 놓여 있을 것이다. 그는 호흡마저

절제하며 섬세한 손길로 그것들에게 본래의 형태와 색채를 되찾아주기 위해 복원 작업을 시작할 것이었다. 미라의 분해물로 인해 훼손된 의복에 새겨져 있던 무늬를 되살려낼 때처럼. 그녀는 처참히 부서지고 망가진 것들을 되살리고 있을 그의 모습을 상상하며 희붐하게 날이 밝아오는 도시의 하늘을 멀리 내다보았다.

5장

몸

혹시 저 기억하시나요?

정안은 메시지가 도착함과 동시에 불빛이 들어온 휴대폰 액정을 보았다. 지난밤 잠을 설쳐 멍한 상태였다. 기억을 더듬어보았다. 불쑥 이런 메시지를 보내올 사람이 떠오르지 않았다. 잘못 온 거라 여기고 돌아누우려던 참이었다.

미라전에서 선생님을 만났어요.

그는 균열이 가 있는 듯 보였던 여자가 떠올랐다. 미라 의복의 무늬를 미화하지 말라고 소리치던 여자의 목소리를 되새겼다. 기억이 난다고, 답하려던 참이었다. 쉴 새 없이 메시지가 날아오기 시작했다.

제 문자에 답하지 않으셔도 괜찮습니다.
많이 놀라셨을 거라고 생각해요.
이상해 보이시겠죠. 죄송합니다……
그렇지만 저 또한 누군가에게 지금 말을 하지 않고서는

연이어 들어오던 문자가 잠시 끊어졌다. 방 안이 일순 적막해졌다. 서늘한 기운마저 감돌았다. 눈을 뜨자마자 작동시킨 로봇 청소기가 스스로 방바닥으로 훑으며 돌아다니다가 침대 아래로 내려뜨린 그의 발끝에 와 닿았다. 그러다 장애물로 인지한 듯 곧바로 머리를 돌려 왔던 길을 거슬러가기 시작했다. 그는 호흡을 가다듬으며 휴대폰 액정을 뚫어져라 내려다보고 있었다. 답을 하려던 참이었다.

무슨 일이 생긴 거냐고. 이른 아침부터 왜 이렇게 이성을 잃은 것 같은지. 그리고 왜 자신에게 문자를 보내고 있는 것인지. 이런 말을 전할 누군가가 없는 거냐고. 나에게 보낼 만큼 그렇게 외로운 상태인 거냐고. 그러나 그런 말을 적기도 전에 새로운 문자가 들어왔다.

더 이상 살아 있기 힘들 것 같아서요.

그는 격앙된 상태에서도 또박또박 흐트러지지 않고 말하던 그녀의 목소리가 기억났다. 웬만해서는 스스로의 감정을 타인에게 쉽게 드러내지 않을 사람으로 보였다. 그와 동시에 그녀를 처음 보았던 순간 자신이 감지하고 말았던 균열을 기억했다. 그녀는 드디어 무너지기 시작하는 것일까. 그는 막막한 심정으로 부서진 유물을 대할 때의 얼굴로 문자를 적어 내려갔다.

무슨 일이라도 생기신 건가요?

시간이 흐르고 있었다. 더 이상 답이 오지 않았다. 다행스러웠지만 한편으로 불안해졌다. 가까워져본 적 없던 그녀를 일순 잃어버릴 것만 같았다. 누군가로 인해 불시에 감정이 흔들리는 것은 처음이었다. 그는 호흡을 가다듬으며 문자를 보냈다.

지금 어디에 있는 건가요?

날이 점차 환하게 터오고 있는 중이었다. 그는 진동하는 휴대폰에 떠오른 문자를 보았다. 다만 낯선 주소지가 새겨져 있었다. 그는 그것을 되뇌었다. 그럴 리 없겠지만 어쩐지 그 문자들이 유물에 새겨진 흐릿한 무늬처럼 순식간에 닳아버릴 것만 같았다.

*

최근 들어 그는 외출할 때마다 어쩌면 다시는 이곳에 돌아오지 못할 수도 있다는 생각을 해보곤 했다. 만일 자신이 돌아오지 못한다면 유서에 작성한 대로 절차가 진행될 것이었다. 자신의 남은 알량한 재산과 전세금은 자신이 다닌 중·고등학교에 장학금으로 지급될 것이었고, 사용하던 전자 제품들은 동네 중고 센터에서 와서 실어갈 것이었다.

옷들은 간단하게 종량제 봉투에 묶어 버려달라고 이미 경비 아저씨에게 수고비와 함께 부탁해둔 터였다. 물론 경비 아저씨는 그가 죽었다는 사실은 모를 터였다. 그는 그저 몇 년간 만날 때마다 안부를 챙겨 물어와주는 경비 아저씨에게 자신이 무척 바쁜 일로 외국에 갔다가 돌아오지 못하면 이 집의 짐 중에서 필요한 것만 가져가시고 남은 건 모두 버려달라고 말해둔 터였다.

그는 다시 돌아오지 못하게 될 경우 이 집에 처음으로 들어서게 될 타인의 시선으로 집을 바라보았다. 어딘가에 속옷이 함부로 걸려 있지도 않았고, 악취를 풍기는 음식물 쓰레기 따위도 없었다. 누가 불시에 찾아와도 불쾌감을 주지 않을 만큼 정갈하게 정리되어 있었다. 게다가 그는 언제나 필요한 만큼의 물건 외에는 사들인 적이 없었다. 따라서 유품을 정리하는 사람이 지나치게 많은 물건들을 정리하다가 지쳐버릴 일도 없었다. 그는 안도감을 느끼며 조용히 집 문을 닫아걸고 돌아섰다.

그의 집은 경복궁역 근처 종로 옥인동의 빌라 단지에 있었다. 그가 이곳으로 이사를 온 것은 고궁박물관까지 걸어서 다닐 수 있는 데다가 인왕산 자락이 감싸주고 있어 서울인데도 공기가 깨끗하게 느껴졌기 때문이었다. 그가 사는 빌라에서 나와 비탈길을 따라 걸어 내려오면 큰 도로가 지나가고, 도로 건너편에는 오래된 정자와 통인시장의 후문이 나왔다. 그에게 이곳 집을 보여주었던 부동산 업자는 그에게 통인시장을 가로질러 다니는 게 지름길이라고 일러준 적이 있었다.

그러나 그는 이곳으로 이사 온 뒤로 지난 오 년간 한 번도 통인시장을 지나간 적이 없었다. 시장에 들어가면 어지러웠기 때문이다. 생선들의 비린내와 지독할 만큼 단내를 풍기는 과일들, 고르지 않은 바닥에 고여 있는 오래된 구정물. 한여름에 끼어드는 쉬파리 떼와 북적거리는 사람들. 물건을 팔기 위해 소리치는 상인들의 그악스러운 목소리도 괴로울 터였지만 값을 깎기 위해 흥정하는 아낙들의 목소리 역시 듣고 싶지 않았다. 그는 그래서 매번 지름길인 걸 알면서도 멀리 돌아 나가곤 했다. 사람들이 잘 지나다니지 않는 조용하고 비좁은 골목길들을 찾아내서는 그 길을 통해서만 드나들곤 했었다.

그는 집에서 밥을 해먹는 일도 거의 없기 때문에 동네에서 구태여 상인들과 눈을 마주치며 장을 보아야 할 필요도 없었다. 집에 오는 길에 경복궁역 근처 편의점에 들러 간단히 물과 음료수 등속만 구입해 와 냉장고에 넣어두면 며칠간 불편할 게 없었다. 두루마리 휴지나 리필용 걸레 등 생필품들은 인터넷 쇼핑몰에서 고정적으로 구매를 했다. 퇴근 후에 집 앞에 떨어진 생필품들이 배달되어 와 있기 마련이었고 덩달아 쇼핑몰 포인트도 충분히 누적되어가고 있었다. 죽기 전에 다 사용하지도 못할 만큼.

그러나 그는 오늘만큼은 통인시장 후문 쪽으로 걸음을 옮겨놓고 있었다. 그녀의 절박한 메시지들이 그의 가슴에 새겨진 것 같았다. 다급해 보였다. 어떻게든 그녀가 있는 곳으로 빠르게 가야 한다는 마음뿐이었다. 평소에 자신을 위협한다고 여기던 거리의 모든 것들을 그는 피하지 않고 스쳐지나가고 있었다. 그 여자에게 이른 아침부터 무슨 일이 있었던 걸까. 지금은 어느 거리에 서 있는 걸까.

그녀가 보내온 주소지는 낯설었다. 그는 다급하게 걸음을 옮겨 놓으며 끝없이 되물었다. 그곳은 그 여자가 사는 동네 근처일까. 아니면 출근을 하다가 버스에서 우발적으로 내렸던 것은 아닐까. 그렇다면 그녀는 버스 차창 밖으로 놀라운 광경을 보게 되었던 것일까. 아니면 자신이 사귀던 누군가에게 지난 새벽 일방적으로 버림받았던 것일까. 누군가의 배신에 치를 떨며 밤새 걸어 그곳까지 가게 되었던 것일까. 대체 무엇 때문에 이 시간 그곳에 서서 그토록 절박한 메시지를 보냈던 것일까. 그것은 구조 요청일까? 그런데 왜 하필 자신에게?

마지막으로 박물관에서 보았던 날 자신을 노려보았던 그녀의 눈빛이 떠올랐다. 그녀는 분노한 듯했고 죽음을 미화하지 말라고 말했었다. 그러나 어쩐지 죽음에 대해 냉정하게 말하는 그녀가 오히려 자신보다도 더 죽음을 두려워하고 있는 것처럼 보였다. 부들거리며 떨고 있던 그녀의 손끝. 그가 바라보자 감추려는 듯 주머니 안으로 얼른 감추었던 그것. 그는 그녀가 사라지고 난 뒤에도 분노로 떨렸던 그 목소리에 여전히 사로잡혀 있었다. 누군가 잡아주지 않으면 안 될 것 같던 파들거리던 손끝도 생생했다.

그녀는 미라의 손에 덧씌워져 있던 악수 한 켤레를 향해 제 손을 뻗어 올리고 있었다. 그는 시장 거리로 접어들며 생각했다. 그가 처음 보았던 그 순간, 그녀는 간절하게 바라고 있었는지도 몰랐다. 누군가 자신의 손을 잡아주기를. 그 손이 설사 죽음의 손이라 해도 지금 그녀로서는 붙잡고 싶어 할지도 모른다는 생각이 들었다. 그는 자신에게 다가오는 사람들과 어깨를 부딪치며 앞으로 나아갔다. 그러면서 자신이 그동안 외면해왔던, 눈앞에 펼쳐진 생생한 풍경을 정면으로 바라보았다.

　시장 골목은 이른 아침부터 장을 보러 나온 사람들로 북적대고 있었다. 사람들의 눈길을 사로잡으려는 듯 가게마다 앞 다투어 내놓은 여러 빛깔의 물건과 음식 들로 거리는 활기를 띠고 있었다. 전 가게는 거대한 주석판을 가게 앞에 내놓고 전을 붙이고 있었다. 계란물을 입힌 완자 반죽이 달구어진 판 위에 놓일 때마다 지지직거리는 소리와 함께 고소한 냄새가 시장 골목 깊숙한 곳까지 퍼져나갔다. 생선 가게 앞에는 수북이 쌓인 얼음마다 꽁치나 고등어 들이 무더기로 쌓여 있었다. 상인들은 연신 바가지에 물을 퍼 그것들 위로 뿌려대고 있었다. 바구니마다 펼쳐져 있는 채소에는 수시로 서늘한 물이 분무기로 분사되었다. 그릇가게들은 여느 가게들보다 환하게 형광등 불빛을 밝혀두어 그릇들이 비현실적일 정도로 번쩍이고 있었다. 그는 불현듯 자신의 앞으로 다가오는 그 풍경 앞에 잠시 어지러웠다. 그러나 호흡을 차분하게 가다듬으며 한 걸음씩 거리로 발을 내딛고 있었다.

　아마도 그가 일부러 이곳을 피해 다녔던 지난 오 년 동안에도 시장은 매일매일 이런 풍경이었을 것이다. 그가 알기로 통인시장은 육이오전쟁이 나던 당시부터 형성된 시장 거리였다. 그러므로 시장의 거리는 지난 육십 년간 하루같이 그렇게 사람들로 붐비고 전 냄새가 풍기고 생선 비린내가 나는 얼음 녹은 물이 거리에 고여 있었을 것이다. 시장의 풍경을 이루던 사람들 가운데 어떤 이들은 나이가 들어 죽고, 병이 들어 죽고 그 자리를 대신 새로운 사람들이 채워가며 그렇게 유지되어온 거리일 터였다.

그는 어떻게든 그녀에게 빨리 가닿고 싶다는 일념 하에 시장 골목을 관통해가며 불쑥 그런 생각이 들었다. 어쩌면 이곳 시장 골목은 그 자체로 하나의 유물과 다름없다는. 조명 불빛 아래 놓여 있는 생선들, 그릇들, 그리고 낡은 양은대야들. 불빛 아래 하루 종일 앉아 있는 사람들의 다양한 표정들. 그들의 삶 자체가 시간이 흐르며 언젠가는 과거의 한때로 남게 될 것이었다.

그러나 지금 눈이 부시도록 밝은 이 불빛과 자신의 귀에 생생하게 와닿고 있는 소음, 그리고 돼지기름에 생선전이 붙여지는 냄새 따위는 그 어떠한 뛰어난 실력을 소유한 보존과학자일지라도 재현해내기는 어려울 것이었다. 그가 지금 막 관통하고 있는 길목은 그 자체로 생생한 현재로서 그곳에 놓여 있었다.

그는 낯선 시장 골목에서 막 벗어나 대로변으로 빠져나왔다. 멀리서 다가오고 있는 택시를 향해 다급하게 팔을 흔들었다. 몇 대의 택시들은 무슨 이유에서인지 그냥 지나쳐갔고, 드디어 택시 한 대가 그의 앞에 멈추어 섰다. 그는 택시 안으로 몸을 밀어 넣으며 간절한 목소리로 짧게 말했다.

"중계동이요. 서둘러주세요. 부탁입니다."

차창 밖으로 스쳐지나가는 풍경이 그의 눈에 비쳤다. 평소라면 눈길을 두지 않았을 바깥 풍경을 유심히 살펴보고 있었다. 이 길을 따라가다 보면 어느 지점에 그녀가 자신을 기다리고 있을 것이었다. 그런 생각을 하고 있자니 길거리에 서 있는 낡은 건물들의 외벽도 거리를 스쳐지나가는 사람들의 표정도 혹은 활짝 열어둔 문 틈새를 통해 어느 카페에서 거리로 내뿜고 있는 커피 볶는 냄새도 평소 같지 않았다. 그는 어떤 것도 소홀히 지나칠 수 없었다. 그 모든 풍경과 소리와 냄새가 다 그녀와 자신의 사이를 이어주고 있는 어떤 가느다란 실낱처럼 여겨졌다. 그는 아슬아슬한 마음으로 그것들을 하나씩 자신의 눈에 음각하고 있는 중이었다. 창밖을 스쳐가는 풍경 중에는 그가 날마다 근무를 하는 고궁박물관도 있었다. 그는 평소와 다르게 경복궁 담벼락 너머 드러나 보이는 박물관의 외관을 눈여겨보았다.

그는 날마다 그곳 박물관 앞에서 걸음을 멈추었다. 지난 오 년간 단 하루도 박물관을 지나쳐 가 더 먼 곳까지 걸어가본 적이 없었다. 박물관에 출근해서는 밤늦도록 나오지 않았다. 거기에서 자신에게 남은 모든 삶을 남김없이 소진해버릴 계획이었다. 그곳에 처음으로 출근하던 날 그는 생각했었다. 죽기 전까지 세상 밖으로 걸어 나갈 일은 없을 거라고. 그러나 그가 탄 택시는 지금 그 앞을 지나쳐 더욱 먼 곳으로 이동하고 있는 중이었다.

택시는 경복궁 돌담길을 스쳐지나가 사방이 빌딩으로 둘러싸인 사거리로 접어들었다. 거기에서부터 잠시 정체가 시작되었다. 그는 초조한 듯 휴대폰을 꺼내 만지작거렸다. 어디선가 그녀가 자신을 기다리며 도로를 바라보고 있을 것이었다. 그럴 리 없겠지만 그는 어쩐지 그녀가 자신에게 보내온 주소지에 해당하는 거리는 아직도 어둠에 잠겨 있을 것만 같았다. 재해로 인해 사람들이 모두 떠나가버린 거리, 가게들마저 수십 년 전에 문을 닫아버리고, 오래 방치된 것들에 쌓여가는 먼지 냄새만이 자욱한 거리. 그런 낯선 거리에서 길을 잃은 그녀가 오직 그가 나타나기만을 기다리며 유일하게 아직 색채가 퇴색되지 않은 존재로 남아 있을 것만 같았다.

그러나 그가 그녀에게 가닿는 시간이 정체될수록 그녀의 몸에 남아 있던 색채마저도 그 기묘한 죽음의 거리가 다 빨아들여 그녀의 존재마저 희미해져버릴 것만 같은 위기감이 들었다. 어느 순간 그녀가 먼지가 되어 그 거리의 오래된 것들을 향해 한순간에 흩어져버릴 것만 같았다. 그는 고개를 흔들며 문자를 다시 한 번 확인했다. 그 어떠한 인사말도, 자신의 어떠한 상황에 처해 있는지 설명하고자 하는 문장도 없었다. 그저 낯설기만 한, 한 줄로 요약된 주소지만 간결하게 적혀 있을 뿐이었다.

지금 그에게는 그 주소를 이루고 있는 단어와 숫자들만이 그녀의 상태를 설명해줄 수 있는 유일한 암호로 다가왔다. 만일 그곳에 도착해서 그녀를 만나지 못한다면 그다음엔 어떻게 해야 하는 것일까? 만일 그녀가 자신을 끝까지 기다리지 못하고 사라져버렸다면, 그때는 그 낯선 길 위에서 다시 어디로 가야 하는 것일까?

아버지가 어린 자신을 외할머니 댁에 맡기고 돌아서는 모습을 지켜보면서 그는 스스로에게 다짐했었다. 처음에는 매주 찾아오다가 시간이 점차 흘러서는 몇 주에 한 번, 그러다가는 몇 달에 한 번, 언젠가부터 아예 아버지가 그를 보러 찾아오지 않았을 때 그는 각오했었다. 어차피 짧은 생애, 그 누구와도 가까워지지 않겠노라고.

그 누구의 눈동자도 진심을 다해 바라보지 않을 것이며, 그 누구의 손도 먼저 잡게 되는 일은 없을 거라고. 설사 누군가 먼저 손을 내밀어

온다 하더라도 그 손을 외면할 것이라고. 만일 그 자신이 약속을 어기게 된다면 가까워진 그 누군가는 자신의 죽음으로 인해 상처를 입을 수밖에 없을 것이기에. 자신은 친부마저도 두려워하고 외면해버리고 만 존재이기 때문에.

그러나 그는 그동안 지켜왔던 약속을 한순간에 어기고 그녀의 부름에 달려가고 있는 중이었다. 정체 구간이 풀리고 어느덧 택시는 다시 속력을 내기 시작했다. 그의 심장이 쿵쾅대기 시작했다. 두려웠다. 그렇게 무서운 속도로 뛰기 시작하는 심장이 어느 순간 멈추어버릴 것만 같아서. 그녀에게 가닿기도 전에, 그 길 끝에 다다라보기도 전에, 자신에게 죽음이 덮쳐올까봐서.

그는 고층 빌딩이 줄지어 이어지던 광화문대로변을 벗어나자마자 순식간에 환하게 드러나 보이는 하늘을 향해 눈을 찌푸렸다. 눈부셨지만 끝까지 눈을 감지 않고 자신에게 찾아오고 있는 죽음과 겨루듯 눈을 부릅뜨고 하늘을 올려다보았다. 높게 비명을 지르며 어딘가로 날아가는 새 몇 마리가 보였다. 잿빛 산비둘기로 보이는 그것들이 어쩐지 어느 순간 선회하여 자신을 향해 수직으로 하강해 올 것만 같다는 불안감이 엄습했다. 그러고는 새들이 자신의 목숨을 꿈틀거리는 애벌레처럼 날카롭게 부리로 낚아채 다시금 먼 허공 속으로 사라져버릴 것만 같아 그는 치를 떨었다. 그렇지만 그는 사력을 다해 새들이 허공에서 사라져갈 때까지 시선을 떼지 않고 있었다.

*

목적지까지 남은 거리가 몇 킬로미터인지, 이제 어디로 방향을 틀어야 하는지 알려주던 내비게이션이 단호하게 그를 향해 반복적으로 말하고 있었다.

목적지에 도착했습니다.

그러나 그는 택시에서 내리지 않고 차창 밖 도로변 풍경을 두리번대고 있을 뿐이었다. 낯선 곳이었다. 그녀는 버스 정거장에서 멀리 떨어지지 않은 곳에 서 있었다. 경직되어 있던 그의 눈동자에 미세하게 경련이 일었다.

그토록 다급하게 이곳까지 찾아온 그는 그러나 택시에서 내린 뒤에도 섣불리 그녀를 향해 걸음을 옮기지 못하고 있었다. 그녀가 풍기고 있는 분위기가 사뭇 낯설어서였다. 그녀는 그의 기억 속 모습처럼 올이 굵은 잿빛 스웨터를 걸쳐 입고 있었다. 그리고 그녀의 몸은 여전히 한쪽으로 조금 기울어 있었다. 그가 기억하고 있는 그대로. 그런데도 어딘가 달라 보이는 것은 어쩌면 그녀가 환한 햇빛 아래 서 있기 때문일지도 모른다고 생각했다.

그러나 그는 그녀에게 다가가며 그것 때문만은 아니라는 사실을 깨달았다. 그녀의 몸을 훑고 온 바람에서 무언가 심하게 타버리고 남은 재의 냄새를 맡았다. 그건 살아 있는 생명체가 타들어간 냄새였다. 그는 떨리는 가슴을 짓누르며 그녀의 앞으로 다가섰다. 그러고는 고개를 들어 올려 인도 위에 서 있는 여자의 얼굴을 바라보았다.

화장기 하나 없는 얼굴이 햇빛 아래 적나라하게 드러나 있었다. 숱이 적은 흐릿한 눈썹이 끝으로 갈수록 퍼져나가 있었다. 기다랗게 빚은 것 같은 그녀의 얼굴에는 도드라진 광대 아래 음영이 져 있었다. 엷은 입술은 건조한 듯 갈라진 틈새에 피가 굳어 있었다. 바람에 흔들리듯 떨리는 눈동자는 그를 똑바로 응시하지 않고 있었다. 문득 그녀의 존재가 위태롭게 다가왔다. 곧 그가 보는 앞에서 그녀가 흔적조차 없이 증발해버릴 것만 같아 어지러웠다.

언젠가 호기심으로 읽었던 한 학예사의 기록이 떠올랐다. 깊은 무덤 속에서 건져 올린 책을 펼쳤을 때 책에 새겨져 있던 글자들이 환한 빛에 일순 녹아버렸다고 그는 적고 있었다. 그 학예사는 그 뒤로도 자신의 무방비함으로 인해 한순간 분명 뚜렷하게 존재하고 있다가 증발해버린 글자들이 악몽에 나온다고 고백하고 있었다. 자신의 부주의함을 두고두고 후회하고 있다고. 그녀를 바라보고 있는 그 역시 그런 글자들을 마주 대하고 있는 감정이었다. 지금 눈앞에 서 있는 그녀는 햇빛 아래 무방비하게 노출된 먹으로 새긴 글자들처럼 분명 존재하고 있다가 자신의 부주의함으로 인해 순간 휘발되어버릴 것만 같았다.

그는 차도와 인도의 경계선에 위태롭게 두 발을 걸치고 서 있는 그녀가 막 죽음을 향해 발을 떼어놓으려 한다는 것을 감지했다. 그는 오늘도 어김없이 떨리고 있는 그녀의 두 손끝을 바라보았다. 그제야 그녀의 손끝에 묻어 있는 재의 흔적이 보였다. 그는 그녀를 데리고 서둘러 이곳을 떠나야 한다고 본능적으로 생각했다. 그녀에게 닥쳐오고 있는 죽음의 그림자로부터 그녀를 데리고 이곳이 아닌 다른 곳으로 벗어나야만 한다고. 그는 두려움으로 인해 짓눌린 목소리로 더듬거리며 그녀에게 조심스럽게 말을 건넸다.

"더 이상 여기에 있지 말아요."

그가 손을 내밀었다. 망설이듯 떨리는 손끝을 말아 쥐고 있던 그녀가 천천히 손을 내밀었다. 그는 미라의 악수처럼 서늘한 손으로 그녀의 손을 감싸듯 잡아쥐었다.

말없이 따라오고 있는 그녀를 종종 뒤돌아보며 그는 택시를 잡기 위해 손을 흔들고 있었다. 무작정 그녀를 데리고 이곳을 벗어나야 한다는 일념으로 말을 내뱉고 말았지만 막상 어디로 가야 할지 선명하게 떠오르지 않았다. 망설이고 있던 차였다. 차들이 뿜어대는 매연에 밭은 기침을 하던 그는 맑게 닦인 거울처럼 밤이 되면 새까매지는 하늘을 볼 수 있는 그곳이 떠올랐다. 도시의 시간이 날카롭게 깎아지른 경사면을 흘러내리는 것 같다면 그곳에서의 시간은 굴곡지고 축축한 진흙 위를 흘러가는 물처럼 부드럽고 안온했다. 오래도록 외면해왔던 발굴현장. 깊게 파인 구덩이에서 유물을 발굴하기 위한 호미질 소리가 끝없이 들려오는 곳. 미세한 흙먼지가 풀썩일 때마다 간혹 눈앞이 흐려지는 곳. 그녀를 데리고 그곳에 가야겠다고 생각했다. 그는 그녀를 사로잡고 있는 죽음의 어둡고 음습한 기운으로부터 아주 먼 곳으로 달아나기 위해 마지막 힘을 다 쏟고 있는 중이었다.

그는 벌써 여러 번 스스로 견고하게 쌓아왔던 원칙과 약속 들을 어기고 있는 중이었다. 누군가의 눈을 깊이 들여다보았고, 누군가가 내민 손을 뿌리치지 않았다. 그럴 수가 없었다. 그리고 그는 그동안 금기시해왔던 외출을 너무나 오랜 시간 연장하고 있었고 눈에 좋지 않은 직사광선과 폐를 비롯한 호흡기에 치명적인 도시의 매연을 장시간 빨아들이고 있었다.

그는 고요하고 적막한 박물관에 칩거하는 대신 그녀와 더 먼 곳으로 떠나기 위해 시외버스터미널로 갔다. 그곳에서 남쪽 어느 도시로 가는 버스 티켓 두 장을 끊고 대기석 의자에 그녀와 나란히 앉아 있었다. 그러다 그녀에게 자신이 끊어 온 티켓을 내밀었다. 그녀는 티켓에 새겨진 도착지를 내려다보았다. 서울에서 세 시간을 달려야 도착하는 곳이었다. 그녀가 고개를 끄덕였다.

그는 잠시 그녀를 대기석에 남겨둔 채 공중화장실에 가서 얼굴을 씻었다. 거울 속 물기가 흘러내리는 얼굴을 바라보며 그는 되물었다. 어째서 그녀는 그 많은 사람들 가운데 나를 택한 것일까. 어떻게 아무런 반문도 저항도 없이 나를 따라나설 수 있는 걸까. 대체 나의 무엇을 보고. 내가 죽음을 한없이 미화하려 했기 때문에? 아니면 수백 년의 시간 동안 훼손되어온 죽은 자의 의복을 마치 새것처럼 복원하는 기술력을 가지고 있기 때문에?

그는 거울 속 자신을 바라보며 이제라도 되돌아가야 하는 게 아닐까 자꾸만 반문해보았다. 이렇게 남쪽으로 내려가게 되면 그는 언젠가 그녀에게 고백해야 할지도 몰랐다. 자신에게 곧 찾아올 죽음에 대하여. 그런 고백을 했을 때 과연 자신을 어떻게 바라볼 것인가. 그녀의 눈동자는 또 얼마나 동요할 것인가. 그녀는 자기 자신을 덮쳐온 고통으로부터 달아나기 위해 오히려 더 큰 고통을 마주하게 되었음을 깨닫고 절망할지도 모른다.

그는 엄마를 화장했던 날 길을 잃고 헤매던 자신을 찾아내고는 오히려 더욱 절망한 듯 보였던 아버지의 얼굴이 떠올랐다. 잊으려 할수록 더 생생해지는 그때 자신을 바라보던 아버지의 얼굴. 그녀의 눈동자에도 그런 절망의 빛이 드리워질 것이었다. 그는 이제 그만 여기서 멈추어야겠다고 생각했다. 그녀에게 돌아가서 여기까지라고 말해야겠다고 결심했다. 그러나 막상 화장실에서 나온 그는 멀찌감치 앉아 있는 그녀의 뒷모습을 바라보며 이제 돌이킬 수 없는 데까지 와버렸음을 깨달았다. 스스로의 원칙을 허물어뜨리고 그녀를 향해 다가갔던 그 순간부터 이미 되돌릴 수 없게 돼버렸음을 깨달았다.

*

충남 부여군 규암면에 위치한 현장에는 이미 깊고 넓은 구덩이가 파여 있었다. 11월이라 이제는 해가 짧았다. 오후 다섯 시를 겨우 넘겼을 뿐이지만 벌써 산속에 부는 서늘한 바람의 끝자락에 선 날이 느껴졌다. 시야가 어둑해지고 있었다. 발굴팀원들은 거의 한 사람도 빠짐없이 깊은 구덩이 안에 들어가 호미를 움직여 유물의 파편들을 출토하는 데 열중하고 있었다. 구덩이 안에서는 숨 막히는 긴장감 속에서 호미질하는 소리만이 울려나오고 있었다.

그는 한자리에 붙박여 호미질을 하고 있거나 잠시 멈추고 막 꺼내든 것의 표면을 붓으로 털어내고 있는 사람들 가운데 후배를 찾아 두리번댔다. 후배는 구덩이의 가장자리에서 막 자신이 건져낸 것을 유심히 들여다보고 있는 중이었다. 무언가 목적으로 하고 있는 바가 뚜렷하게 서 있는 표정이었다. 아마도 미처 발견하지 못한 나머지 조각들을 찾고 있는 게 아닌가 싶었다. 그는 후배의 그런 얼굴을 바라보는 것이 좋았었다. 평소에는 한없이 천진하고 사람을 대하는 데 스스럼이 없었지만 현장에 나와 유물을 대할 때 후배의 얼굴에는 사뭇 긴장감이 어리곤 했다.

자신이 발견해낸 조각의 나머지 조각들을 추적해나갈 때 발굴하는 손에는 속도가 붙기 마련이었다. 그런 때에는 아무리 오랜 시간 몸을 굽히고 있어도 힘들지 않은 법이었다. 그렇게 속도가 붙을 때는 날이 어두워지는 것도 잊고, 바람이 날카로워져도 추운 것을 몰랐다. 밥 먹는 것조차 잊고 오로지 작업에만 매달리게 되는 것이었다. 그도 그런 순간을 경험한 적이 있었다. 지금 어떤 심정일지 짐작할 수 있었다. 방해하고 싶지 않았다. 그래서 그는 지켜만 보고 있었다.

현장은 이곳 전문가가 아닌 인부들을 때때로 불러 일손을 벌충할 만큼 손이 많이 가는 곳이었다. 그는 여기까지 온 김에 오랜만에 적극적으로 발굴에 참여해볼 생각이었다. 그렇지만 장갑을 끼고 호미를 쥐고서도 쉽게 구덩이 안으로 몸을 던지지 못하고 있었다. 현장에 와본 지가 너무나 오랜만이었다. 그는 과거를 향해 깊숙이 열어놓은 구덩이,

사람들의 끝없는 호미질 소리를 그저 먹먹한 심정으로 바라보고 듣고 있을 뿐이었다. 그는 결코 고도가 낮지 않은 이곳까지 자신을 묵묵히 따라 올라온 그녀를 돌아보았다. 그녀는 놀란 듯한 얼굴로 깊이 열려 있는 땅의 지층을 내려다보고 있었다. 땅을 깊이 파내려가다 보면 시간 단위로 빛깔이 다른 여러 단층들이 서서히 드러나기 마련이었다. 시기별로 이 자리에서 부패한 것들의 성분이 다르기 때문이었다. 그렇게 여러 시간의 지층들이 들여다보일 정도로 깊게 파여 있는 구덩이 때문인지 발굴 현장은 언제나 시간을 비껴나 있는 것만 같은 느낌을 주었다.

그는 그녀가 지켜보는 가운데 구덩이 안으로 뛰어내렸다. 그의 코에 젖은 흙냄새가 왈칵 밀려들었다. 잠시 머리가 어지러웠다. 자신이 지금부터 무엇을 어떻게 해나가야 하는지 모든 동작들을 그의 몸은 기억하고 있는 것 같았다. 그는 사람들 틈에 끼어들어서 지금은 무너져내리고 없는 한때의 사찰의 파편들을 건져 올리기 시작했다. 그가 흙 속에서 건져낸 서늘한 조각들은 나무부처의 몸을 이루고 있던 것이기도 했고, 돌을 깎아 쌓아올렸던 오층 석탑의 탑신을 이루고 있던 조각들이기도 했다.

그는 작업에 열중하다 말고 이따금 그녀를 찾아 돌아보았다. 그녀는 깊은 구덩이에 두 다리를 내려뜨린 채 땅에 걸터앉아 발굴 현장을 지켜보고 있었다. 그는 부지런히 땅을 파내려가다가 오래도록 아무런 흔적도 발견되지 않으면 멈추었다. 그러다가 조금 자리를 옮겨 다시 그 부근의 땅을 파내기 시작했다. 그렇게 끝없이 이어지는 그의 헛손질을 그녀는 가만히 지켜보고 있었다.

어느덧 현장에서 발굴해낸 것들을 수레에 실어다가 쌓아두는 기다란 천 위에는 본래의 형체를 짐작할 수 있거나 혹은 전혀 짐작해볼 수조차 없이 부서져버린 조각들이 늘어만 가고 있었다. 모서리가 부서진 향로나 생활 도자기 들이었다. 기와들도 무더기로 쌓여 있었다. 작업을 하다 말고 그가 뒤를 돌아보았을 때였다. 그녀는 오래도록 앉아 있던 자리에 없었다. 그가 허리를 펴고 일어나자 멀찌감치 떨어진 곳에 그녀가 보였다. 그녀는 막 흙 속에서 건져진 파편들을 가까이에서 들여다보기 위해서인 듯 파편들을 늘어놓은 기다란 천 앞에 웅크려 앉아 있었다. 뒤돌아 앉은 그녀가 파편들 가운데 하나를 향해 손을 뻗는 모습을 그는 지켜보았다. 아마도 흙을 구워 만든 도자기 파편 같은 경우에는 손끝에 부드러운 감촉이 전해져 올 것이었다. 그는 어린아이 같은 호기심으로 유물의 파편들을 매만져보고 있는 그녀를 바라보며 웃었다.

어느덧 시간이 흐르며 산속이 컴컴해졌다. 이제 구덩이 안에서 한참 발굴에 몰두 중인 사람들의 머리마다 랜턴 불빛이 밝혀졌다. 그녀는 온 세상이 컴컴해지자 환한 불빛이 새어나오고 있는 그 구덩이 속에서 자꾸만 끌어올려지고 있는 과거의 조각들을 지켜보고 있었다. 어느덧 검은 하늘의 한 귀퉁이에 떠올랐던 달이 또렷해지고 달빛에 의해 산에서 내려다보이는 마을 지붕들의 윤곽이 흐릿하게 드러나고 있었다.

시간이 흐르며 구덩이 안을 밝히고 있던 불빛들은 하나둘씩 떠나갔고, 이제는 어둠과 적막 속에 끝없이 들려오던 호미질 소리 역시 점차 줄어들어가고 있었다. 구덩이 안에 몇 사람만 남아 있었다. 그러다가 그 몇 사람마저 숙소로 되돌아가고 구덩이 안에 남아 있는 사람은 이제 그뿐이었다. 그는 뒤늦게 합류한 만큼 제일 늦게까지 남아 작업에 매달리고 있었다. 어느 순간 그는 자신 혼자만이 그곳에 남아 있다는 사실을 뒤늦게 깨달은 사람처럼 주변의 어둠 속을 머리에 쓰고 있는 랜턴 불빛으로 비추어보았다. 마침내 그는 랜턴 불빛으로 그를 오래도록 지켜보고 있던 그녀의 모습을 찾아 비추었다.

산 아래에서부터 바람이 불어왔고, 바람으로 인해 산의 나무들이 아래에서부터 차례대로 가지들을 부대끼는 소리가 들려왔다. 그 바람으로 인해 오랜 시간 한자리를 지키고 앉아 있었던 그녀의 머리카락 끝이 흐트러지는 것이 그의 눈에 들어왔다. 그제야 그는 그녀의 얼굴이 고통에 휩싸여 있음을 보았다. 그는 머리 위로 손을 올려 랜턴 불빛을 껐다. 어느덧 구덩이 안은 달이 비추고 있는 구덩이 바깥세상보다 한층 더 깊은 어둠 속으로 가라앉았다. 그로 인해 구덩이가 조금 더 깊어진 것처럼 보이기도 했다.

그는 자신에게 어디서 그런 기운이 솟아나 지금까지 쉬지도 않고 작업을 할 수 있었는지 의아했다. 두 시간 이상 뭔가에 집중하기가 어려울 정도로 체력이 고갈되어 있던 상태였다. 그런데 오늘은 밤이 늦어 현장이 컴컴해지도록 자신이 끈질기게 집중을 이어나갔다는 사실이 믿기지 않았다. 이대로 몸이 회복되어 평범한 여느 사람들과 같이 삶을 이어나갈 수만 있다면. 그는 지금 자신을 바라보며 어둠 속에 앉아 있는 저 여자와 아주 평범한 가정을 이루고 살고 싶다고 생각해보았다.

아버지가 새롭게 꾸린 가정에서 그는 불과 보름가량밖에 지내지 않았지만 그때 그 집에서 나던 냄새와 분위기를 또렷하게 기억하고 있었다. 오히려 시간이 흘러 그가 혼자 지내는 시간이 길어질수록 그 집에 대한 기억은 더욱 아름답게 가공되어왔던 것인지도 모른다. 평범한 한 식구가 모여 순리대로 자신의 삶을 살아가는 집. 저녁이 되면 한자리에 앉아 밥을 나누어 먹는 집. 서로 다투거나 토라지더라도 밤이 되면 한집에서 모두 잠드는 그런 집에는 그가 이제껏 한 번도 자신의 것이라고 여겨보지 못했던 온기와 색감이 있었다.

그런 집에 여자와 자신이 함께 살고 있는 모습을 잠시 떠올려보았다. 자신과 같은 사람이 그런 기적을 바라고 있다니. 그건 그녀를 데리고 서울에서부터 먼 이곳까지 오며 자신이 죽음으로부터 달아났다고 착각하고 있기 때문인지도 모른다. 아니 축축한 흙냄새가 진하게 풍기고 있는 구덩이 안에 들어와 있기 때문인지도 모른다. 이곳 구덩이 안은 서늘한 바람이 부는 바깥과는 다르게 고요했다. 적막했다.

그는 그동안 자신의 몸을 깎으며 날카롭게 직선으로만 흐르던 시간이 구덩이의 둥근 경사면을 따라 굽이치며 부드러운 물처럼 스며들고 있는 것을 보았다. 시간은 구덩이 안으로 둥글게, 둥글게 자신의 존재를 감싸며 고여 들고 있었다. 그런 따뜻하고 축축한 시간 속에서 그는 자신의 존재가 더 이상 소멸해가지 않고 있음을 느꼈다. 그는 더 이상 흐릿하지 않은 맑게 닦인 두 눈으로 구덩이 바깥에 걸터앉아 있는 그녀를 바라보았다. 여전히 고통스러워 보이는 그녀의 머리카락이 서늘한 바람에 흔들리고 있었다. 그는 따뜻한 물살을 헤치듯 그녀를 향해 걸어갔다. 두 손을 뻗어 올리며 그가 말했다.

"한번 이 안으로 들어와볼래요?"

그녀가 망설이다가 어렵게 고개를 끄덕였다.

"그런데 저는 당신의 이름도 모르고 있네요."
"상아예요. 오상아."
"자, 상아 씨, 이리로 오세요."

그는 그녀의 몸을 껴안아 구덩이 안으로 끌어내려주었다.

한동안 그들은 꼼짝하지 않고 구덩이 안에 앉아 있었다. 광중(壙中)처럼 파인 구덩이 바깥으로 보이는 환한 달빛을 올려다보고 있었다. 그는 말없이 그녀의 곁에 앉아 있었다. 그는 이제껏 그 어떠한 훼손된 유물을 대할 때보다도 더 경건한 마음으로 그녀를 대하고 있었다. 막 깊은 흙 속에 수백 년 동안 파묻혀 있던 나무 동검이나 산수화가 그려진 직조물들은 아주 약간의 빛의 변화나 습도의 변화에도 민감하게 파손되곤 하는 법이었다. 그는 숨조차 나지막하게 쉬며 유물을 대하듯 그녀의 숨소리에 귀 기울이고 있었다. 그녀의 숨소리는 적막한 구덩이 안에 들어온 이후부터 소리 없이 점차 가팔라지고 있었다. 침묵과 적막함에 감싸여 있는 구덩이 안에서 고요히 앉아 있던 그녀가 마침내 나지막한 목소리로 입을 열고 말을 하기 시작했다. 그는 그녀가 자신의 내면에 깊숙이 파묻어두었던 말들을 하나둘씩 쏟아내는 것을 잠자코 듣고 있었다. 그녀는 마치 자신의 무덤처럼 컴컴한 몸속에 담아왔던 파편들을 구덩이에 게워내고 있는 것만 같았다.

*

"제가 오늘 뭘 봤는지 아세요? ……불에 타서 죽은 사람들을 보았어요. 사실 제가 하는 일이 재해를 당한 사람들이나 자살한 사람들을 찾아다니며 그들의 가족을 위안해주는 일이거든요.

……위안하는 일이라지만 사실은 수습하는 일일 뿐이에요. 살아남지 못한 사람들의 뒤를 처리해주는 게 제 일인 거지요. 그들이 살아생전 지불하지 못한 병원비를 마련해서 대신 퇴원 수속을 밟아주기도 하고, 가족이 죽은 집에서 잠들지 못하겠다고 호소하는 사람들에게 그 집을 무서워하지 말고 잘 적응하도록 해봐라, 그렇게 타일러주기도 합니다. 불에 타서 죽거나 연기에 질식해서 죽은 사람들 얼굴 본 적 있으세요?"

그녀는 고개를 돌려 그의 눈을 똑바로 바라보며 말을 이었다.

"보시면 아마 몸속에 있는 것들을 죄다 게워내게 될 거예요. 불쌍하다, 마음 아프다, 그런 생각은 그들과 멀리 떨어져 있는 사람들만이 할 수 있는 생각이지요. 일단 그렇게 죽은 사람들 얼굴을 가까이서 보면 어떤 마음이 드는지 아세요? 끔찍하다, 징그럽다, 속이 뒤집힌다, 결코 보고 싶지 않다, 눈을 감아버리고 싶다, 도망치고 싶다, 그런 말들만 내 몸속에 맴돌아요. 내가 왜 그 사람들의 신원을 확인해주어야 하지요? 가족도 보고 싶지 않다고, 무섭다고 진저리치는데 말이에요.

……그런데도 저는 끝까지 그들을 바라봤어요. 그게 나 자신과 싸

워서 이기는 거라고 생각했거든요. 그 사람들 얼굴을 보지 못하고 고개를 돌린다면 저는 결국 이 세상에서 도태되겠지요. 저는 그렇게 세상에서 끝내 버티지 못한 사람들의 최후가 얼마나 비참한지 누구보다 잘 알고 있으니까요. 그래서 더 거기에서 물러날 수 없다고 생각했어요. 발악했어요.

저는 매순간 아주 냉정해지려고 이제껏 노력해왔어요. 그런 순간이 닥쳐올 때마다 나는 감정을 가진 사람이 아니라고 스스로에게 최면을 걸곤 했어요. 신기한 게요. 그 최면이라는 게 효과가 있더라고요. 나는 인간이 아니라 그저 하나의 기계다, 고용된 기계다, 그렇게 생각하면서 한 인간의 고통을 끝까지 감정 섞지 않고 객관적으로 분석하려고 노력하는 거예요. 그러다 보면 어느 순간 정말 잘 견딜 수 있게 되곤 했어요.

……그래, 지금 내가 보고 있는 저 여자 이마가 녹아내렸구나. 그래 저건 사람의 뼈구나. 눈동자가 사라졌으니 뇌수가 드러났겠구나. 인간의 혀는 근육이 풀리고 나면 저토록 길게 빠져나오는구나. 저 아이는 질식하기 직전 숨을 조금이라도 더 쉬고 싶어 한 나머지 저렇게 입이 커다랗게 벌어졌겠구나."

그녀는 자신의 몸속에 박혀 있던 기억의 조각들을 그렇게 하나둘씩 내뱉으며 그 날카로운 모서리로 자신을 학대하고 있는 것 같았다. 그는 아무런 대꾸도 하지 못하고 있었다. 다만 그녀의 몸이 그녀 스스로도 인식하지 못할 만큼 떨리고 있는 것을 지켜보고 있을 뿐이었다. 그녀는 몸만 떨고 있는 게 아니었다. 어느 순간 그녀의 목소리도 마구 흔들리기 시작했다. 그녀의 몸이 속에서부터 깨지고 있는 것만 같았다. X

선으로 몸을 비추면 부서지고 깨져 나간 것들도 검은 공동들이 드러나 있을 것 같았다.

그는 파편을 뱉어내느라 점점 더 찢어지는 듯한 그녀의 입술에 자신의 입술을 가져다댔다. 구덩이로 흘러드는 유장하고 부드러운 시간의 물성을 전달하려는 듯 그녀의 얼굴을 손으로 어루만지기 시작했다. 그의 손길에 그녀가 화재 현장에서부터 묻혀 왔던 재가루가 닦여나갔다. 갈라진 입술 틈새에 굳은 그녀의 피에서는 청동 검에 핀 녹의 맛이 났다. 그는 녹을 어루만져 닦아내듯 건조하고 바삭거리는 입술을 오래도록 혀끝으로 섬세하게 더듬었다. 잠시 후 그는 불안에 떨리고 있는 그녀의 눈을 바라보다가 조심스럽게 껴안았다. 그는 깊은 구덩이에서 막 건져 올린 나무부처를 껴안고 있듯 몸이 서늘해지는 걸 느꼈다. 그녀의 몸에는 체온도 떨림도 느껴지지 않았다.

그는 그저 한동안 그녀의 몸을 껴안고 있었다. 맞닿은 그녀의 가슴에 자신의 떨림이 전해지기를 그는 바라고 있었다. 그가 그녀의 손을 깍지 끼어 맞잡았을 때였다. 그녀의 굳게 다물어져 있던 입술이 벌어지며 낮고 밭은 숨이 토해져 나왔다. 고개 숙여 그녀의 목덜미에 입술을 부비고 있던 그의 귀에 그녀의 뜨거운 숨이 흘러들었다. 그는 그녀의 니트 속으로 손을 집어넣어 그녀의 등을 쓸어내렸다. 부서진 나무부처의 등에 찹쌀풀과 점토 그리고 목탄분을 개어 균열을 메울 때와 같이 그의 손이 섬세하게 움직여나갔다. 그는 자신의 앞에 드러누운 그녀의 아랫배에 입술을 가져다댔다. 그녀의 존재를 갉아먹어가던 어둠의 기억을 빨아들이듯 숨을 빨아들였다.

어느 순간 그는 그녀의 바지를 끌어내리고 검은 녹이 슬어 있는 것만 같은 그녀의 갈라진 틈새로 깊이 파고들었다. 그녀가 낮게 숨을 토해내며 그의 양어깨를 부여잡았다. 나무에 물기가 돌듯 그녀의 몸이 미끄러워지며 그의 몸에 착 감겨 왔다. 놀라웠다. 그녀의 몸에 순식간에 생기와 온기가 돌며 죽어가고 있는 그의 고독한 몸을 감싸 안으려는 자세를 취했다. 그와 깊게 결합된 상태에서 서서히 그녀가 은밀한 제 몸속 길을 찾아 헤매듯 허리를 움직여나가기 시작했다. 둥그스름하고 부드러운 그녀의 엉덩이의 곡선이 그의 다리에 와닿을 때마다 그는 아찔한 숨 막힘에 몸을 떨었다. 그 순간 처음으로 그는 시간의 흐름을 망각하고 죽음의 공포에서 놓여났다. 구덩이 안에 흘러들어와 굽이치던 따스한 시간이 자신의 몸을 온전하게 끌어안아주는 것 같았다.

*

십이월도 이제 거의 끝을 향해 가고 있었다. 언제나 그렇듯 올해의 마지막 날에도 광화문광장에는 새해를 맞이하러 나온 사람들로 붐빌 것이고, 빌딩의 전광판에는 연예인들의 축하무대가 펼쳐질 것이었다. 자정이 되자마자 보신각종은 상징적으로 열두 번 울릴 것이고 종소리는 얼마 가지 못해 어둠에 흡수되어버릴 것이다.

그녀는 정체된 광화문대로의 버스 안에서 바깥 거리를 내다보고 있었다. 건물들은 저마다 연말 장식으로 번쩍이고, 유리창 너머에 성장을 하고 앉아 있는 사람들의 얼굴은 저마다 아무런 걱정이 없어 보였다. 아마도 도시의 이곳저곳에서 연말 모임이 한참인 것 같았다. 그러나 그녀가 보기에 그들은 다들 어떻게든 올해의 마지막 날에 자신들의 불안과 우울을 매립해버리고 떠나고자 안간힘 쓰고 있는 것처럼 보일 뿐이었다.

도시의 거리가 깨끗한 이유는 이곳에서 날마다 쏟아져 나오는 오물과 음식물 쓰레기 따위를 도시의 외곽 지대에 매립하고 있기 때문이다. 유리창 너머 그들이 여전히 웃고 있을 수 있는 것 또한 그들이 어딘가 사람들이 보이지 않는 곳에 감정의 찌꺼기들을 부려놓고 왔기 때문이란 생각이 들었다. 그런 메커니즘으로 도시가 작동되고 있기에 그녀와 같은 사람들이 직장을 잃지 않고 계속해서 먹고 살아갈 수 있는 것이었다. 그녀는 어두워진 차창에 자신의 입김이 덧씌운 부연 막을 지워버리고 거짓처럼 빛나는 트리 장식을 조소하듯 쏘아보았다.

어느 순간 그녀의 가방 속 휴대폰이 울리기 시작했다. 도시에 이토록 많은 사람들이 쏟아져 나와 웃고 떠들고 있는 시간에도 도시의 한편에서는 자살을 시도하거나 재해가 닥쳐와 두려움에 떨고 있는 사람들이 있는 것이다. 다만 도시의 반짝임이 너무나 환해서 오히려 이런 날일수록 어둠 속에 숨어 있는 그들이 더욱 눈에 띄지 않을 뿐. 그들은 화려하게 빛나는 도시 어딘가에 엄연히 존재하고 있었고, 따라서 이런 연말 휴일에도 그녀에게 전화는 걸려왔다. 그녀는 가방에서 다이어리를 꺼냈다. 이제 다이어리 속지는 거의 다 사용해서 새것으로 갈아끼워야 할 터였다. 거의 마지막 페이지를 펼쳐 가까스로 들려오는 대로 받아 적었다.

27세. 취업난을 비관하여 자살 시도. 고층 아파트에서 떨어졌으나 불발됨.

한마음병원 응급실. 보호자는 현재 호주에 거주 중. 연락 불통.

한마음병원으로 가기 위해서는 반대 방향으로 가야 했다. 그녀는 자신이 타고 있던 버스에서 급하게 내렸다. 오늘따라 휴대폰이 잠잠했다. 너무나 평온한 날에는 함정이 숨어 있기 마련이다. 연말 도시 반짝이는 트리의 불빛에 모두가 눈이 멀어 잠시라도 자신의 불안을 들여다보지 않는다면 좋으련만. 그저 모두 아주 잠시 동안만이라도 불빛과 새해에 대한 막연한 낙관에 취하면 좋을 텐데. 그럴 리가 없는 것이다. 그녀는 이 일을 하면서 점점 도시에 사는 모두가 동시에 불안감으로부터 놓여날 수는 없다는 사실을 깨달아가고 있었다.

도시는 서바이벌 게임장과도 같았다. 누군가의 성공은 수많은 사람들의 좌절을 딛고 가능했던 것이고 누군가의 사랑은 누군가의 소외를 묵인한 채 이루어지는 법이었다. 누군가 무한한 자유를 누리고 있다면 그는 다른 누군가의 자유를 박탈하고 있을 가능성이 높았다. 그녀는 연락을 받고 다급하게 응급실로 달려가고 있는 동안에 차라리 안정을 찾아가고 있는 자신을 발견했다. 어느 순간부터는 아무런 일도 일어나지 않고 하루가 지나가면 오히려 불안했다. 이제는 아무도 자신에게 연락해오지 않는다면 초조할 것 같았다. 누군가 자신을 찾을 때만이 자신이 이 도시에 필요하다는 사실을 확인할 수 있기 때문이었다. 만일 아무도 불행하지 않고, 그 누구도 자살을 시도하지 않으며 아무도 불안해하지 않는 도시라면 막상 그녀는 살아남을 수 없을 것이었다. 사람들의 불행을 위안하며 생계를 이어가는 그녀야말로 이 도시의 낙오자가 될 것이었다.

건널목 신호가 위태롭게 깜박이고 있었다. 그녀는 길을 건너가며 무수히 자신의 앞으로 다가오는 사람들을 뚫고 지나갔다. 멀리 자신이 타야 하는 버스가 다가오고 있었다. 서둘러 뛰다시피 걸어가 가까스로 버스에 올라탔다. 사람들이 빽빽하게 들어차 있었다. 그녀는 손잡이를 부여잡고 차창 밖을 내다보았다. 버스는 정차된 도로 안을 느리게 미끄러져가기 시작했다. 마음이 급했다. 이런 속도라면 차라리 걸어서 가는 게 더 낫겠다는 생각이 들었다.

자살을 시도한 사람은 또다시 자살을 시도할 확률이 높았다. 게다가 곁에 보호자가 없는 이십대 여자라면 더욱 위험했다. 자신을 극단으로 내몰려는 경향이 짙을 수 있었다. 그러므로 한시가 급했다. 이번에도 실패한다면 올해 들어서만 세 번째이기 때문에 결코 기관에서도 그냥 지켜만 보고 있지는 않을 것이었다.

시말서를 작성하는 것에서 그치면 모르겠지만 연봉 삭감이 될 수도 있었다. 더 끔찍한 것은 연수원에 들어가 재교육을 받을 수도 있다는 사실이었다. 너무나 상식적이고 뻔한 이야기를 아주 느린 속도로 되풀이하는 교육 화면을 시청하다 보면 자신이 정말로 쓸모없는 존재로 전락해버린 것 같은 기분을 몰아내기 어려웠다. 그녀는 버스가 흔들릴 때마다 쓰러지지 않으려 손잡이를 더욱 힘주어 잡았다.

이번에는 실수하지 않겠다고 다짐하고 있을 때였다. 버스가 방향을 틀어 경복궁 돌담 쪽으로 바짝 다가붙고 있었다. 차창 밖으로 돌담 너머 어둠 속에 흐릿하게 윤곽이 드러나 있는 기와지붕들이 스쳐지나가고 있었다. 어느 순간 아직 불을 밝히고 있는 고궁박물관의 측면이 보였다. 박물관의 실내는 지금 이 시간에도 고요할 것이었다.

낮은 조명이 유리 진열장 안에 놓인 수백 년 전 유물들에 새겨진 섬세한 시간의 흔적들을 드러내 보이고 있는 곳. 연말이 다가온 도시의 휘황한 불빛과 사람들의 소란스러움과는 멀리 떨어진 채 자신만의 질서와 어둠을 확고히 지켜나가고 있는 곳. 그리고 그곳에는 정안이 조용히 고개를 숙여 복원 작업에 열중하고 있을 터였다. 그녀는 그가 손끝으로 매만져 나가고 있을 파편들을 떠올려보았다. 그의 신중한 작업에 의해 수백 년의 시간 동안 잃어버렸던 본래의 형태와 온기를 찾아가는 유물들. 마지막으로 그녀는 그의 손길이 얼마나 부드럽게 자신의 몸을 매만졌었는지에 대하여 기억했다.

그녀는 잊을 수가 없었다. 자신의 얼굴을 쓸어내리던 그의 손길, 깊이 껴안았을 때 자신의 귀에 조심스럽게 들려오던 그의 신음소리 따위를. 무엇보다 마지막 순간 그녀를 잊지 않고 기억에 새기려는 듯 자신의 존재가 막 지상에서 증발해버릴 존재라도 되는 것처럼 안타까움을 담아 바라보던 그의 눈동자가 떠올랐다. 마음을 아프게 찔러 왔던 그의 눈동자. 다시는 이어붙일 수 없는 수만 조각의 불가해한 파편들을 바라보고 있을 때처럼 어떠한 상실감과 절망감이 뒤섞여 있던, 그럼에도 끝까지 그 파편들을 손에 쥐고 놓치지 않으려는 듯 열정이 어려 있던 그의 눈빛.

그날 그녀는 구덩이 안에서 빠져나와 그와 함께 산을 내려왔다. 그토록 깊은 교감이 오갔지만 이상하게도 산을 내려오면서 그들은 아무런 말도 나누지 않았다. 그녀는 오래도록 이어지는 침묵 속에서 막연히 깨달았다. 시작이라고 믿고 싶었으나 그는 산을 모두 내려갈 때까지 끝내 다음을 기약하는 말을 그녀에게 건네지는 않을 것이라는 사실을. 그래서였을까. 어둠 속에서 산을 내려가는 길을 찾아 더듬기 위해 의지했던 먼 마을의 따스한 불빛이 가까워질수록 그녀는 마음이 초조해졌다. 너무 가까이 있어서 오히려 못 보게 될 것 같은 아득한 기분이 들었기 때문이었다.

새벽 첫 차를 기다리는 고속버스 터미널에서 그는 그녀와 함께 올라가지 않을 모양이었다. 그가 내민 티켓을 들고 그녀가 혼자 버스에 올라타고 있을 때였다. 그녀를 부르는 그의 목소리가 들려와 뒤돌아섰다. 결코 다시는 돌아오지 않을 것처럼 먼저 떠났던 그가 다시 그녀의 앞에 돌아와 있었다.

"함께 올라갈 건가요?"

그는 고개를 가로저었다. 어쩐지 단호함이 묻어나는 몸짓이라 더 이상 아무것도 물을 수가 없었다. 아니, 묻지 않기로 했다. 다만 그는 아무 말 없이 그녀를 향해 손을 내밀었다. 그녀는 구덩이 안에서 끝까지 참았던 눈물이 기어이 터져 나올 것만 같았다. 그래서 입술을 질끈 깨물었다. 그가 내민 손이 어쩐지 박물관 미라전에서 보았던 미라의 악수와 겹쳐져 보여서였다. 왜였을까. 그녀는 처음 미라의 악수를 보았을 때 통제하기 어려울 정도로 강한 이끌림을 느꼈었다. 죽은 자의 손을 수백 년간 감싸고 있던 그것이 너무나 따스해 보였기 때문이었을까. 그녀는 간절하게 잡고 싶었던 그 악수가 막 자신의 앞으로 내밀어진 것 같은 기분에 사로잡혀 숨이 막혀왔다. 떨리는 손으로 그가 내민 손을 잡았다. 그 순간이었다. 그녀의 가슴에 뻐근한 통증이 지나갔다. 아주 짧은 순간이었지만 그녀는 그의 손에서 수백 년간 죽은 자의 손을 감싸주고 있던 악수와도 같은 온기를 전해 받을 수 있었기 때문이었다. 그게 그와의 마지막이었다. 예감했던 것처럼 그는 더 이상 그녀에게 연락을 해오거나 하지는 않고 있었다.

그녀는 그날 서울로 올라오며 고속도로에서 멀리 동이 트는 것을 지켜보았다. 그리고 문득 이제는 죽은 여자 미라의 몸에 왜 남성의 의복이 겹겹이 감싸여 있었는지에 대하여 알 수 있을 것만 같았다. 그건 죽음으로부터 온몸으로 사랑하는 연인의 몸이 소멸해가는 것을 막아주고 싶었던 마음이 아니었을까. 철저히 혼자서 치러야만 하는 소멸의 지난하고도 낯선 시간을 조금이나마 함께 하고 싶었던 한 사람의 간절한 의식이 아니었을까 하는. 그녀는 문득 언젠가 그를 다시 만날 기회가 있다면 자신의 생각을 꼭 전해보고 싶다고 생각했었다. 그러나 그날 이후 그녀는 그에게 그러한 깨달음을 말해볼 수 있는 기회가 없었다.

*

그는 잠시 박물관 밖으로 빠져나왔다. 올 한 해도 거의 다 지나가고 있었다. 어쩌면 그는 올해도 자신이 무사히 살아 넘길지도 모른다는 짧은 낙관의 감정에 몸을 맡겨보았다. 만일 자신이 새해가 된 세상을 지켜볼 수만 있다면. 이제까지와는 조금 다르게 살아보면 어떨까 하고 생각해보았다.

자신에게 남은 시간을 오로지 시간과 사투를 벌이기 위해 살아가는 것 말고, 어떻게든 눈앞에 어지럽게 널려 있는 파편들을 끼워 맞추며 그것들에게 온전한 생명을 불어넣느라 자신의 얼마 남지 않은 목숨을 소진하지 말고, 그저 흘러드는 시간을 온전히 만끽하는 삶을 살아보는 것은 어떨까. 그는 잠시 눈이 내릴 것처럼 희끗해진 저녁 하늘을 올려다보며 숨을 내쉬었다. 그의 입김이 어둠을 향해 번져나갔다.

고개를 돌리자 경복궁 돌담 너머 거대한 광화문대로가 눈에 들어왔다. 어둠이 깊어질수록 거리를 바쁘게 오가는 무수한 사람들의 희미한 형체를 바라보며 그는 태어나서 처음으로 그들과 같은 시간 같은 공간에서 살아 숨 쉬고 있다는 사실에 막연한 동질감이 느껴졌다. 그들의 피로함과 그들의 불안감. 그런 것들이 자신의 손끝에 고스란히 만져질 것만 같았다. 그는 엄마가 죽은 뒤 처음으로 낯선 자들을 적의의 시선으로 바라보지 않고 있었다. 문득 처음으로 깊이 끌어안았던 여자가 떠올랐다.

자신이 그날 밤 메우고자 애썼던 그녀의 몸속에 뚫려 있던 무수한 공동들. 그 공동들이 내뿜고 있던 서늘하고 섬뜩한 기운. 그러나 끝내 그가 들어서자 점차 따스하게 메워져가던 그녀의 몸. 그의 움직임을 따라 그를 감싸오던 축축하고 부드러웠던 그녀의 감촉. 그는 그날 이후 혼자 있는 시간이면 종종 그날을 되새겼다. 그때마다 미친 듯이 그녀를 다시 찾아가고 싶었지만 그렇게 하지는 않았다. 가까스로 다시 살아가기로 결심한 것 같았던 그녀에게 또 다른 상처를 주고 싶지는 않았기 때문이었다. 그는 그사이 또다시 시력이 감퇴되어 불빛이 번져나가고 있는 것처럼 보이는 광화문대로변을 바라보다가 등을 돌렸다. 관람객들마저 모두 떠나간 뒤 적막해진 박물관 안으로 다시 돌아갔다.

그는 연구실이 아니라 미라가 전시되어 있는 이층 전시실을 향해 층계를 올라가기 시작했다. 그녀와의 짧았던 만남 이후 그는 그녀가 보고 싶을 때에도 연락하지 않았다. 한없이 미루었다. 대신에 그는 지금처럼 전시실의 미라를 찾아가곤 했다. 어두운 전시실에 들어서자 오늘도 어김없이 미라는 낮은 조명 아래 눈동자가 사라진 얼굴로 누워 있었다. 그는 오로지 이 세상에서 미라와 단둘이 남아 있는 사람처럼 미라에게 몰두했다. 어둠을 삼키고 있는 미라의 앙상하게 뼈만 남은 입이 있던 자리와 수백 년 전에는 부드러운 살이 출렁였을, 그러나 지금은 서늘한 허공을 감싸고 있을 뿐인 가슴뼈들을 바라보았다. 시선을 천천히 내려뜨려 그는 미라의 잘록한 허리 아래로 둥글게 벌어지고 있는 골반 뼈를 바라보았다.

어느 순간 그가 바라보고 있는 미라의 머리에 풀이 자라듯 머리카락이 돋아나기 시작했다. 미라의 벌어진 컴컴한 입속에서는 거대한 달팽이들이 기어 나와 미라의 아랫배를 향해 기어가기 시작했다. 날카로운 뼈를 건너가기 위해 달팽이들이 뱉어내는 점액질이 묻어난 자리마다 미라의 몸에 새살이 돋아나고 있었다. 미라의 꺼져 내린 두 가슴은 산속에 버려진 무덤들처럼 솟아올라 짙은 흙냄새를 풍기고 있었다. 미라의 뼈들이 껴안고 있던 어둠은 어느덧 부드러운 살에 뒤덮여 보이지 않았다. 어느 순간 상상 속에서 죽음에 의해 살과 피와 기억이 소멸되었던 미라는 그가 그리워하는 여자가 되어 있었다. 그날 구덩이 안에서 자신과 온기와 떨림을 나누어 가졌던 여자.

그는 몸을 떨며 미라가 누워 있는 유리를 향해 손을 뻗었다. 그의 어깨가 미세하게 들썩이고 있었다. 그는 너무나 간절하게 미라의 가슴에 자신의 귀를 가져다대고 싶었다. 그러고는 그 무덤처럼 컴컴한 미라의 가슴 속에서 들려오는 이야기에 귀 기울이고 싶었다. 눈을 감으면 미라의 축축한 손이 자신의 머리를 쓰다듬어주고 그렇게 자신의 기억이 사라져가고 자신은 어느덧 젊어지고 있던 모든 고통으로부터 자유로워질 수 있을 것만 같았다. 그러고 나면 애초에 죽음도 삶도 아닌 영원한 온기가 지속되는 그녀의 몸을 끌어안고 비로소 깊은 잠을 잘 수 있을 것 같았다.

보존과학실로 돌아온 그는 마음을 가다듬고 자리에 앉았다. 마스크를 착용하고 멸균용 장갑을 착용한 뒤에 그는 작업대의 스탠드 불빛을 켰다. 아마도 벽체의 무늬를 이루고 있었을 것으로 추정되는 사각의 나무판은 가로 이십, 세로 십육, 두께가 이 센티미터 정도 되었다. 현미경으로 확인한 결과 해충의 습격을 받은 흔적은 없었으나 시간의 흐름에 따라 습기에 의해 거무스름하게 표면이 변색되고 흙먼지가 워낙 단단하게 고착되어 있어 본래의 무늬를 알아보기가 어려울 정도였다.

그는 심호흡을 하고 우선 세척 작업에 착수했다. 메스를 활용하여 고착되어 있는 오염물질을 제거하는 것이 빠르겠으나 그렇게 했을 시 나무판에 음각되어 있는 무늬에 손상이 갈 수 있기 때문에 그는 도구를 최소한으로 활용하기로 했다. 되도록 물 세척을 할 예정이었다.

우선 그는 면봉으로 힘을 가하지 않은 상태에서 수작업으로 걷어낼 수 있는 만큼의 오염물질 제거 작업에 들어갔다. 시간이 흐르며 그의 이마에 땀이 배어났고 뒷목에서부터 어깨 근육까지 단단하게 뭉쳐가고 있었다. 작업대의 한편에는 나무판에서 나온 흙먼지나 찌꺼기 들이 거무스름하게 쌓여가고 있었다. 이제 막 가까스로 나무에 새겨져 있던 무늬의 형체가 조금이나마 드러나 보이려 할 때쯤이었다. 갑자기 어지럼증이 일었다. 눈앞에 나무판에 흐릿하게 드러나기 시작한 무늬들이 물처럼 번져나가고 있었다. 그는 두 손으로 눈을 지압했다. 눈을 떠보았다. 소용이 없었다.

아무래도 오늘은 여기까지 작업을 하고 다음 날 다시 시작해야 할 것 같았다. 요즘 들어 컨디션이 부쩍 좋았고 그는 그걸 믿고 자신이 너무 무리했던 모양이라고 생각했다. 이러다가는 집까지 걸어가는 것도 어려울 것 같았다. 그는 오늘은 여기서 작업을 마치기로 하고 자리에서 일어났다. 이전 같으면 한자리에 앉아 아침이 될 때까지 작업을 마쳤을 터였다. 잠은 낮에 잠깐 집에 가서 보충하고 나오면 되었을 것이었다. 그러나 그는 손을 뻗어 그만 작업대의 스탠드 불빛을 껐다. 자신이 오랜 시간 매만졌던 나무판이 어둠 속으로 가라앉았다. 마지막으로 나서는 그의 발걸음 소리가 천장이 높은 실내에 울렸다. 워낙 조심스럽게 문을 닫았기에 문이 닫히는 소리는 거의 들리지 않았다.

*

적막했던 보존과학실은 날이 환하게 밝자 다시 부산스러워지고 있었다. 비어 있던 자리들이 막 도착한 학예사들로 채워져 나가기 시작했고, 작업에 필요한 온갖 기기들이 작동되는 소리와 학예사들이 서로

의논하는 소리가 한데 뒤섞였다. 본래의 무늬와 빛깔을 알아볼 수조차 없었던 한 폭의 그림이 제 빛을 되찾아가고 있는 중이었고, 두 동강 나버렸던 주전자는 누군가에 의해 티 나지 않게 봉합되어가고 있었다. 평소와 다름없는 시간이 흘러가고 있었다.

그러나 그의 작업대는 아직 고요한 상태였다. 유물을 훼손할까봐 최저치로 낮춘 흐릿한 조명도 아직 밝혀지지 않고 있었다. 그가 지난밤 떠나갈 때 해두었던 그대로였다. 반듯하게 놓여 있는 나무판은 세척 단계만을 마친 상태 그대로 멎어 있었다. 지난밤 그가 이곳에서 일어나기 전 세웠던 계획대로였다면 나무판에 숨겨져 있던 무늬는 지금쯤 서서히 드러나고 있었을 터였다. 바람에 풍화되어 희미해졌던 거북의 등 무늬가 선명해지고, 수백 년 전 조각가가 새겨 넣은 복숭아나무의 결들이 되살아나고 있을 것이었다. 어딘가에 조각가가 수줍게 새겨둔 자신의 이름도 드러났을 것이다. 그렇게 사람들의 장수와 풍요로움을 기원하는 한 폭의 그림 속 거북이는 마치 살아 움직일 듯 꿈틀거리고 복숭아는 탐스러워 보여 그것을 바라보고 있는 것만으로도 복숭아의 단내가 맡아지는 것만 같았을 터였다. 그러나 하루가 저물어 저녁이 되어가고 있는데도 여전히 그는 작업대로 돌아오지 않고 있었다. 그러므로 나무판은 여전히 시간에 흐름에 의해 마모된 그대로 머물러 있을 뿐이었다.

*

새해 첫날부터 그녀는 한마음병원에서 하루를 보냈다. 사무실로 돌아오는 버스 안에서는 심하게 멀미를 했다. 버스에서 내리자마자 광화문대로변을 밝히고 있는 편의점 안으로 찾아 들어가 탄산수를 들이켰다. 남은 탄산수 병을 다시 가방 안에 밀어넣고 거리로 나와 그녀는 조금은 느긋한 마음으로 걷기 시작했다.

언제나 자기 스스로를 포기한 사람들과 얼굴을 대면하고 그 사람들을 위안하는 일은 쉽지 않았다. 심지어 죽으려 했으나 자신이 원치 않게 살아나 어리둥절한 얼굴을 하고 있는 사람의 눈을 들여다볼 때면 그 사람에게 대체 무슨 말을 해야 하는 것인지 막막할 따름이었다. 그녀가 배운 대로라면 그녀는 그들에게 자신의 삶을 조금 더 낙관적이고 현실적으로 인식할 필요가 있다고 조언해야 할 것이었다. 지금보다 잘할 수 있다고 생각하며 스스로를 믿어야 한다고, 지나친 망상은 내려놓고 현재 자신의 처지에서 할 수 있는 작은 일부터 실천해나가도록 해보라고 말이다.

그러나 그것은 어디까지나 실질적으로는 아무런 도움도 되지 않는 매뉴얼에 지나지 않았다. 이 도시에는 그렇게 사람들 간에 암묵적으로 정해진 매뉴얼들이 넘쳐나고 있었다. 사람들은 그 매뉴얼 안에서 상황에 맞는 말을 골라 서로에게 응수하고 서로를 위안하는 척 가장하고 있는 것에 지나지 않았다. 정작 자신들이 무슨 말을 해야 하는지 알고 있는 사람은 아무도 없는 것 같았다. 그것은 그녀 자신도 마찬가지였다.

가게들마다 틀어놓은 음악과 건물마다 밝혀놓은 불빛들이 아니라면 사람들은 지금 이렇게까지 설레어하고 흥분할 수 있을까. 그녀는 문득 이 도시가 불시에 약속한 듯 모든 조명을 다 꺼버리고 모든 음악이 다 멈추어버리는 상상을 해보았다. 그렇게 된다면 서로 모여 웃고 떠들고 휴대폰으로 자신들의 모습을 부지런히 사진에 담던 사람들은 불시에 낯뜨거워질지도 몰랐다. 방금 전 자신들이 왜 그토록 즐겁게 웃음을 터뜨리고 있었던 것인지. 서로에게 짓궂은 농담을 건네며 낄낄거리고 있었던 것인지. 갑작스럽게 의아해진 그들은 마주 보고 있는 얼굴들마저 한없이 낯설게 느껴져 모두 서둘러 등을 돌리고 집으로 되돌아가버릴지도 모른다고 그녀는 생각했다.

그녀는 문득 조금 전 자신이 병원에 가서 만나고 온 그 여자는 어쩌면 이 도시에 쉽게 현혹되지 않는 부류의 사람일지 모른다는 생각이 들었다. 그래서 혼자 고립되어버릴 수밖에 없던 사람. 불빛에 현혹되지 않고 서로가 건네는 무의미한 매뉴얼에 더 이상 속지 않기로 결심한 사람들은 더 이상 이곳에 살아남을 수 없을 거였다.

병원에 서둘러 가서 만나본 여자의 얼굴은 그녀가 예상했던 것보다 너무나 커다랗게 부어올라 있었고 목과 다리에 깁스를 하고 있었다. 그녀는 여자를 만나러 가는 동안에 막연하게 여자를 나약한 사람이 아닐까 하고 짐작했었다. 취업이 되지 않는다는 이유로 스스로를 비관하여 떨어져 내린. 더욱 도전할 생각조차 하지 못하는 의지가 약한 사람.

그러나 그녀는 병원에 찾아가 여자와 대화를 나누는 동안에 자신의 생각이 틀릴 수도 있음을 깨달았다. 그녀가 처음 여자에게 말을 건네려 했을 때였다. 붕대를 감고 있어서 얼굴이 잘 보이지 않는 여자는 그러나 또렷한 발음으로 대꾸를 해왔다.

"당신이 올 거라고 하더군요. 나처럼 자살에 실패한 사람들이 재활할 수 있도록 도와주는 누군가가 나를 찾아올 거라고 병원에서 알려

주었어요."

철저하게 망가진 모습과는 다르게 여자의 목소리는 너무나 카랑카랑했다. 전혀 위축된 상태가 아니었다. 오히려 당당했다. 그래서 그녀는 가방을 의자에 내려놓으려다 말고 고개를 돌려 여자의 얼굴을 바라보았었다. 여자는 담담한 목소리로 말했다.

"나는 나무에 걸려서 운 좋게 살아났다고 하더군요. 의사가 그렇게 말하더군요. 이건 정말 하늘이 나에게 다시 내린 기회라고 말이에요. 그러니 젊은 사람답게 꿈을 갖고 다시 살아난 인생을 남들보다 더 열심히 살라고 말이에요."

여자가 낮은 음성으로 조소하듯 잠시 웃더니 또다시 말을 이어갔다.

"앞으로 사람들은 저에게 그런 말 많이 하겠지요. 아마 그쪽도 그런 말씀 하려고 저한테 오셨을 테고요."

여자는 얼굴에 웃음기를 거두고 말했다.

"제가 살아남은 뒤에 든 생각이 무엇인지 아세요? 이 세상이 철저하게 나를 조롱하고 있다는 생각이요. 너는 죽는 것조차 너의 뜻대로 할 수 없을 거야. 그러니 어디 죽어볼 테면 죽어봐라."

그렇게 말하고 난 뒤에 여자는 무언가를 생각하듯 잠자코 앞만 바라보고 있었다. 그제야 그녀는 자신이 이런 상황에 맞게끔 준비해온 말을 꺼내기 위해 말문을 열었다. 그러나 여자가 나지막한 목소리로 그녀의 말문을 막았다.

"됐습니다. 저는 또다시 이런 짓을 하지는 않을 겁니다. 그러니 그 말씀을 하러 오신 거라면 이제 그만 돌아가주세요. 사실 제가 왜 떨어져 죽으려 했는지에 대해서는 관심이 없지 않습니까? 그저 당신도 나에게 다시는 죽을 생각을 하지 마라, 어떻게든 앞으로 잘 살아가려 노력하라는 말을 하기 위해 찾아왔을 뿐인 거겠지요. 사람들은 전부 다 앞으로의 일만을 걱정하니까요. 그러므로 과거에 내가 왜 죽으려 했는지보다는 앞으로 내가 어떻게 해야 다시 살아남을 수 있을지에 대해서만 관심을 갖겠지요."

여자는 잠시 말을 쉬었다가 단호하게 말했다. 이제까지와는 다르게 나지막하고 서늘한 목소리였다.

"이제 그만 만족하고 돌아가주세요. 방해받고 싶지 않아요."

생각에 잠겨 있던 그녀는 신호가 바뀌자 건널목을 건너가기 시작했다. 집회와 시위가 끊이지 않던 광화문대로변이 오늘따라 새해가 되었다는 이유로 지나치게 평화로움을 가장하고 있다는 느낌이었다. 무엇보다 자신이 병실에서 얼굴에 붕대를 감고 있던 그 여자에게 무언가 건넬 수 있었던 어떤 중요한 말을 미처 하지 못하고 돌아온 것만 같은 아쉬움에 걸음걸이가 가볍지 못했다.

뒤늦게 신호가 바뀐 것을 알아채고 그녀의 등 뒤에서부터 달려오기 시작한 한 무리의 취객들이 그녀를 스쳐지나가 먼저 맞은편 인도 위로 올라서고 있었다. 그들은 인도에 올라서자마자 서로의 어깨에 팔을 두르고는 비틀대며 다시금 느긋하게 걸어가기 시작했다. 그들이 멀어져가며 터뜨리는 웃음소리가 번져왔다. 아직도 건널목에 남아 있는 그녀를 향해서인 듯 날카로운 경적 소리가 그녀의 귀를 찔러 들어왔다. 그녀는 고개를 돌려 그쪽을 바라보았다. 신호 대기에 걸려 멈춰 서 있던 승용차들의 불빛이 그녀의 눈 속을 깊숙이 찔러 들어왔다. 그녀는 순간 눈앞이 아득해지며 문득 그가 그날 밤 머리에 쓰고 있던 랜턴 불빛이 떠올랐다. 그날 자신을 비추고 있던 불빛이 그리워졌다.

그녀는 사무실이 있는 광화문 이면도로로 접어들면서 여전히 자신에게 불시에 찾아온 컴컴한 기억 속 그 불빛에 사로잡혀 있었다. 그날 그와 갑자기 떠났던 짧은 여행. 시외버스 터미널에서 그와 나란히 앉아 있었을 때 느껴지던 어색함. 그렇지만 어느 순간부터 오래전부터 알고 지낸 사람처럼 편안하게 들려오던 그의 숨소리. 그가 가끔씩 재채기하던 소리. 버스를 타고 내려가면서도 눈을 감지 않고 긴장된 상태로 창밖을 주시하고 있던 그의 옆모습.

처음으로 가보았던 발굴 현장에 부유했던 먼지, 출토된 흙으로 빚은 벽돌들, 기와들, 그리고 조각나 있던 기다랗게 빚은 소조상들, 그것들을 손으로 매만졌을 때 전해져 오던 구운흙의 감촉, 그리고 서서히 어둠이 내려오며 경계가 희미하게 어둠 속에 풀어지던 산등성이, 날카롭게 허공을 찌르고 있던 나뭇가지들, 어두운 허공에 그림자처럼 날아올

170

라 제 둥지로 돌아가고 있던 분주한 새들의 움직임, 그리고 아무것도 보이지 않게 되었을 때에도 그녀의 귓가에 끝없이 들려오고 있던 호미질 소리, 아주 오랜 시간 누적되어온 시간과 사투를 벌이듯 마지막까지 남은 그가 흙 속에서 파편들을 건져내던 소리.

그가 그녀를 돌아보았던 순간. 그녀는 그가 자신을 향해 비추고 있는 랜턴 불빛에 눈이 부셨다. 어쩐지 자신의 몸속에 그간 켜켜이 유폐해왔던 죽은 이들에 대한 기억들이, 마지막 그들이 이 세상에 보내온 구조 신호들이, 그녀가 감당하지 못해 짐짓 외면했던 그들의 목소리들이 부패한 채 드러나 보일 것만 같았다. 고통스러웠다. 그런 기억들에 의해서 서서히 갈라지고 조각나버린 자신의 폐허가 된 몸속을 그가 너무나 훤하게 들여다보고 있는 것만 같았다. 그런데 이상하게도 그녀는 불빛으로부터 몸을 피하지 않았었다. 그의 시선으로부터 도망치지 않고 끝까지 버티고 앉아 있었다. 아니, 오히려 누군가 자신의 곪아가는 가슴 속을 살펴봐주기를 바라왔던 것처럼 그녀는 불빛 앞에 몸을 떨며 설레어하고 있었는지도 모른다.

그녀는 이제 더 이상은 그에게 연락하는 일을 미루지 못할 것 같았다. 지금이라도 그에게 전화를 걸어 그의 목소리를 듣고 싶었다. 어쩌면 그에게 그날처럼 자신이 있는 곳이 어딘지 메시지를 보내보는 것도 나쁘지 않을 것 같았다. 그러면 그가 그날처럼 자신이 서 있는 이곳으로 단숨에 와줄지도 모르는 일이었다. 아니, 그러기를 바랐다.

광화문 이면도로에 숨겨져 있는 무수한 오래되고 낡은 술집들에서 빠져나와 비틀거리는 취객들 사이에서 유일하게 온전한 정신으로 그를 기다리고 있는 그녀를 향해 그가 올지도 모르는 일이었다. 그러면 그날과는 다르게 그녀는 그에게 인사를 건네고 싶었다. 그리고 이번에는 자신이 그의 이야기를 들어줄 차례라고 그에게 말해보면 어떨까?

내가 그랬듯이 당신 역시 나에게 지금 가장 두려운 게 뭔지 털어놓아보라고 말하고 싶었다. 이제는 그녀가 랜턴 불빛을 비춰줄 차례인지도 몰랐다.

그녀는 오늘 밤 어쩐지 아직까지는 낯선 그러나 그 누구보다 가깝게 느껴지는 그의 몸속에 숨겨져 있는 서늘한 그늘들을 엿보고 싶었다. 새벽 두 시부터 다섯 시까지 자신에게 걸려오는 전화기 속에서 들려오는 위태로운 사람들의 목소리처럼. 그녀는 오늘 밤이 새도록 그의 차분해 보이는 얼굴 뒤에서부터 울려 나오는 그 쓸쓸한 목소리를 자신의 두 귀로 외면하지 않고 끝까지 새겨듣고 싶다는 생각이 들었다. 어쩌면 그것이 자신의 진정한 첫 상담이 될지도 모르겠다는.

*

어느덧 사무실이 있는 허름한 건물 앞까지 도착한 그녀는 여느 때처럼 일층에 있는 국수가게를 흘끗 들여다보았다. 매번 자신이 왜 그러는지는 모르겠지만 그건 아마도 먼 곳에서 헤매다 돌아온 얼어붙은 몸이 가게에서 흘러나오는 온기에 본능적으로 이끌렸기 때문인지도 모른다는 생각이 들었다.

가게 앞을 서성이고 있는 그녀의 인기척을 느꼈는지 안에서 텔레비전을 보고 있던 여자들 중 한 사람이 흘끗 고개를 돌려 그녀를 바라보았다. 그녀는 여자와 눈이 마주치자마자 재빨리 시선을 피하려 했으나 이미 늦은 뒤였다. 낯익은 얼굴이었다. 여자가 화장실에서 담배를 피운 뒤에 느른하게 걸어 나와 거울 앞에서 자신의 머리를 묶던 모습이 기억났다. 여자는 그때 자신이 두르고 있는 소주 광고가 프린트된 녹색 앞치마 속에서 참빗을 꺼내 자신의 곱슬머리를 거칠게 빗어 내렸다. 그러고는 하나로 틀어 올려 고무줄로 묶었다. 바짝 당겨 묶느라 여자의 이마에 실핏줄이 터질 듯이 팽팽하게 당겨졌다. 아마도 식당에서 음식을 만들다가 머리카락이 흘러들어갈 수 있는 것을 방지하기 위해 그런 식으로 머리를 묶는 모양이라고 그녀는 생각했다.

여자는 그녀와 눈이 마주치자 마치 아는 사람에게 인사하듯 눈꼬리에 웃음을 지었다. 그녀 역시 여자를 향해 어색하게 고개를 끄덕여 인사했다. 그녀는 몸을 틀어 사무실로 가는 계단을 오르려다 말고 발을 멈추었다. 방향을 바꾸어 국수가게 앞으로 다가갔다. 문을 밀자 훈훈한 온기가 몸을 감쌌다. 차가운 바람 속에서 얼어붙었던 그녀의 몸을 녹여주는 것만 같았다. 그녀가 자리에 앉자 텔레비전을 보고 있던 여자들 가운데 방금 전 자신과 눈인사를 나눈 머리를 틀어 올린 여자가 일어났다. 그러고는 그녀에게 다가와 말했다.

"뭘 드릴까?"

그녀는 메뉴판을 훑어보다가 조그만 목소리로 말했다.

"멸치국수요."

곧이어 주방에 들어간 여자가 미리 삶아놓았던 면을 그릇에 담은 뒤에 국자로 육수를 붓는 소리가 들려왔다. 그녀는 자신의 앞에 곧 놓이게 될 따스한 김이 피어나는 국수를 기다리는 사이에 마음속에 그간 생겨나지 않았던 용기가 났다. 휴대폰을 꺼내 그의 번호를 찾아 더듬었다. 떨리는 손으로 버튼을 눌렀다.

그녀는 어둠 속 어딘가로 흘러가는 발신음을 귀 기울여 듣고 있다. 그 소리를 들으며 눈을 감자 어둠 속에서 남자가 비추었던 랜턴 불빛이 떠오른다. 이번에는 그녀의 차례다. 어딘가 어두운 거리에 서 있을 것만 같은 그를 찾아 불빛을 비출 때다. 그가 전화를 받으면 그녀는 이곳 국수가게로 오라고 그를 부를 것이다. 하루 종일 복원 작업에 매달리느라 식사 한 끼 제대로 못했을 것 같은 그에게 따뜻한 국수 한 그릇을 건넬 것이다. 그녀는 제법 길게 이어지고 있는 발신음을 들으며 저도 모르게 웃고 있다. 이제 곧 그의 목소리가 들려올 것이라고 믿고 있기 때문이다.

이제 본궤도에 접어든 모양새다. 올해로 3회째를 맞는 황산벌청년문학상에 관한 이야기다. 그만큼 올해 황산벌청년문학상의 기세는 그야말로 만만치 않았다. 우선 투고작이 비약적으로 늘었다. 올해 투고작은 총 105편이었다. 더불어 더욱 고무적인 사실은 투고된 소설 한 편 한 편의 밀도가 거의 긴장을 풀 수 없을 정도로 단단했다는 점이다. 올해는 거의 모든 투고작이 새로운 세계감과 상상력으로 우리가 결코 두 번 믿기는 힘든 실재적인 세계를 예리하게 포착하고 있었고 그것을 그전에는 보기 힘들었던 혁신적인 이야기로 묶어내고 있었다.

대단한 상승세다. 황산벌청년문학상이 이렇게 빨리 한국문학이라는 제도 속에 안착한 이유는, 분명 여러 요인이 있겠지만, 그중 핵심적인 요인을 꼽자면 위기 속에서 잃지 말아야 할 것을 지키기 위해 목숨을 걸었던 그 숭고한 황산벌 정신이 오늘날 한국소설의 의미 있는 정신적 좌표가 되기에 충분하기 때문일 것이다. 지나친 의미 부여라고 할 이들도 있을 듯하다. 하지만 올해로 3회째를 맞는 황산벌청년문학상에 점점 더 나라가 아닌 곳이 되어가는 이곳에서 우리가 결코 잃어서는 안 되는, 또한 동시에 앞으로 우리가 세워야 할 또 다른 나라의 근간으로 삼아야 할 정신적 원리를 발명하려는 치열한 작품들이 유독 많이 눈에 띈 것만은 사실이다. 이런 특이점을 두고 황산벌 정신이 현재적 의미로 충만한 과거로 다시 귀환하는 징후라고 읽으면 안 되는 것일까. 이 역시 과잉해석이 되는 것일까.

제3회 황산벌청년문학상 본심 무대에 오른 작품은 모두 세 편이었다. 이유리 씨의 《엎질러진 것이 사라지는》과 현수영 씨의 《1988년생》, 그리고 박영 씨의 《위안의 서》. 본심 무대는 이미 한차례 심사위원들의 날카로운 눈을 통과한 작품들 사이에서 벌어지는 경연장이라 오랜 논의와 때로는 매번 원점을 돌아오는 지루한 논쟁을 거치는 경우가 대부분이다. 하지만 올해 황산벌청년문학상 본심 심사의 풍경은 예년과는 달랐다. 세 편 중 한 편이 저 혼자 돌올했기 때문이다.

먼저 이유리씨의 《엎질러진 것이 사라지는》은 의욕이 돋보이는 소설이었다. 이 소설은 서로 양립하기 힘든 두 세계를 공존시키고자 이접적 종합(the disjunctive synthesis)의 형식을 취한다. 한편으론 어머니의 의문의 죽음을 둘러싼 추리소설적 구조가 존재하고, 다른 한편으로는 오늘의 위기적 상황 속에서 방황하고 사랑하는 또는 사랑하기 때문에 방황하는 '젊은이들의 초상'을 집중적으로 묘사한다. 그중 전자의 축은 우리 시대가 파국적 상황에 이르게 된 원인을 규명하고 후자의 축은 그것을 넘어설 수 있는 의미 있는 윤리적 좌표를 내밀하게 제시한다. 《엎질러지는 것이 사라지는》은 모든 인간을 타락시키는 물신의 세계 안에서 인간이 인간답게 살 수 있는 길로 상징적인 질서에 의해 순종하는 신체로 전락한 자기 자신을 스스로 죽이는 결단, 그러니까 상징적 자살을 제시하는 바, 이 소설은 이 가볍지 않은 주제를 그야말로 소설적으로, 소설의 구조 안에서 자연스럽게 감싸 안는다. 하지만 문제는 그러한 유기적 연관성 혹은 서사적 총체성이 시종일관 유지되지 않는다는 점이다. 그 결과 서로의 다른 두 형식이 불균질하게 연결되어 추리소설로 보기엔 너무 긴장감이 떨어지고, 젊은 세태를 집중적으로 묘사한 소설로 보기엔 그 세대의 핵심적 증상을 외면한 느낌을 지울 수 없었다.

　현수영 씨의 《1988년생》은 도발적인 상상력이 돋보이는 소설이었다. 《1988년생》은 거칠게 단순화하자면, 1988년생 화자의 입사(入社)와 탈사(脫社)의 과정을 통해 엄숙함으로 위장한 위선의 세상을 작은 반란 혹은 작난으로 균열시키고 기존과는 다른 유쾌하고도 상쾌한 공동체의 도래를 꿈꾸는 소설로 위기에 빠진 현대에 진지한 성찰이 돋보였다. 여기에 이러한 주제를 나누어 맡은 인물들이 충분히 주제와 긴밀한 연관을 맺으면서도 또한 그 자신만의 생동성을 지닌 점도 인상적이었다. 하지만 이 분명한 장처에도 불구하고 아쉬운 대목 또한 분명했다. 우선 기성세대가 만들어놓은 판을 흔들기 위해 작중인물들이 벌이는 작난들이 충분히 도발적이지 못하고 오히려 기시감이 강해서 상징

질서의 억압적 성격을 드러내는 것은 물론 또 다른 공동체의 필연성을 제시하는 데에도 일정 정도 한계를 보였다. 또한 이 소설의 중핵에 해당하는 인물이 작품 후반부로 갈수록 지나치게 이상화되고 엄숙해지면서 급기야는 소설 결말 부분이 소설 전체가 말하고자 하는 것과 서로 충돌한다는 느낌을 지우기 힘들었다. 아쉬웠다.

결코 간단하지 않은 본심의 긴 토론 과정을 간단하게 생략하게 하며 올해 황산벌청년문학상 수상작으로 결정된 박영 씨의 《위안의 서》는 무엇보다 진지한, 그러나 정말 진지해서 도발적인 소설이었다. 읽는 순간 최근의 한국문학이 이런 걸 잃고 있었구나 하는 걸 절감하게 하는 그런 소설이었다. 《위안의 서》는 죽음에 관한 소설인 동시에 사랑에 관한 소설이다. 그러니까 진정한 삶이란 무엇인가에 대한 대답인 셈이다. 여기, 시시각각 다가오는 죽음 때문에 이곳에 현존하는 인간들이 반복적으로 행하는 모든 행위들을 선망하지만 그것을 금욕적으로 거부하는 한 남자가 있다. 그런가 하면 일상적으로 접하는 자살과 그 자살이 불러오는 절망과 고독의 심연 때문에 현존재들 사이의 어떤 친밀성의 경험도 회피하는 한 여자가 있다. 이렇게 각자의 이유로 기계적인 삶을 반복하는 이 두 인물이 세 번의 우연적이면서도 운명적인 만남을 갖고 급기야 서로의 사랑을 확인한다. 그 결과 남자 주인공은 생의 마지막 지점에서 타인과의 완전한 경험, 그러니까 사랑의 희열을 간직하며 명멸하고, 여자 주인공은 드디어 남은 삶을 사랑의 열린 가능성 속에서 살아가게 된다. 종합하자면 《위안의 서》는 비극적인 사랑 이야기이기도 하고 진정한 사랑 이야기이기도 하며, 사랑의 불가능성에 대한 소설이기도 하고 참된 사랑의 가능성에 대한 소설이기도 하다.

뿐만 아니다.《위안의 서》는 인간의 유한성 곧 죽음에 대한 공포에 사로잡혀서는 기계적인 삶을 반복할 수밖에 없으며, 현재의 삶이 무한히 반복될 것이라는 두려움에 사로잡혀서도 역시 진정한 삶은 불가능하다는 진실을 말해주기도 한다. 결국 죽음을 전제할 때에라야 사랑을 위시한 인간의 행위와 말은 비로소 참된 것일 수 있으며 그것이 빠져 있을 경우 그 어떤 인간적 행위도 진정할 수 없다는 것, 이것이《위안의 서》가 말하고자 하는 핵심적인 내용인 바,《위안의 서》는 너무 본질적이어서 한동안 한국문학이 외면해온 문제를 온몸으로 밀고 나가거니와 끝내는 묵직한 감동과 울림을 준다. 가장 진지한 것이 때로는 가장 도발적일 수 있다는 사실을 새삼 깨닫게 해준 당선자에게 고마움을 표한다.

울림이 큰 작품을 여럿 만난 여운인가, 벌써 황산벌청년문학상의 내년이 기다려진다.

제3회 황산벌청년문학상 심사위원
김인숙(소설가·심사위원장), 이기호(소설가), 류보선(문학평론가·대표 집필)

소설을 처음 쓰기 시작했을 때 정안은 등을 돌린 채 앉아 있었다. 좀처럼 얼굴을 볼 수가 없었다. 그는 젊은 나이에 죽음을 앞두고 있었다. 시간과의 사투를 벌이느라 여념이 없었다. 그가 마음을 닫아걸고 있었기 때문에 글을 쓰는 것이 힘들었다. 그렇지만 그가 조금씩 나를 돌아본 것은 지난해 여름이었다. 바닥에서 올라오는 열기가 극심했던 날 나는 익산으로 갔다. 폐사지 발굴 작업이 한창이라는 기사를 읽고서였다.

한 시간 조금 넘는 동안 논을 가로지르고 차도를 건넜다. 야산으로 접어들어 한참을 올라갔을 때 구덩이를 마주하게 되었다. 깊은 곳에서부터 흘러나오는 흙냄새에 전율을 느꼈다. 수백 년의 시간이 내 몸을 관통하는 듯했다. 학예사 분들의 호미질에 점차 모습을 드러내는 유물의 파편들을 보았다. 조각난 채 웃고 있는 악귀상의 얼굴을 손으로 쓰다듬어보았다.

그것들을 이곳에 남겨둔 채 떠나간 사람들을 떠올리게 되었다. 한 번도 마주한 적 없는 그들이 낯설지 않았다. 그들 가운데에는 정안도, 나도, 그리고 내가 사랑하는 이들도 있었다. 인간은 누구나 죽는다. 이전에도 몰랐던 것은 아니었지만 그 순간 나는 처음으로 그 사실을 받아들이게 되었다. 더 이상 죽음은 정안의 문제만이 아니었다.

이 글을 쓰고 있는 지금은 봄이다. 이 무렵이면 나는 정신을 차리지 못한다. 얼었던 흙이 녹으며 나는 냄새, 해가 길어지며 오래도록 바깥에 머무는 사람들, 열어둔 창 틈새로 흘러들어오는 사람들의 발소리, 말소리, 덕분에 겨울보다 외롭지 않다.

어두워지기 전까지 창으로 들어오는 봄볕을 오래도록 응시한다. 그러나 이 모든 순간들이 영원히 허락되는 건 아니다. 나의 시간은 끝을 향해 달려가고 있다. 당신과 대화를 나누었던 시간도 죽음과 함께 소멸되고 말 것이다. 그러기에 나는 오래도록 매 순간 응시하고 싶다. 기억하고 적어두고 싶다.

언젠가 내 책을 읽어보게 될 사람들에게 나의 두려움과 외로움을 전하고 싶다. 그들이 조금이나마 위안을 받기를 바라기 때문이다. 어떠한 아픔을 겪고 있든 상상하는 시간만큼은 거기에서 헤어나기를, 그리고 발은 땅에 묶여 있더라도 영혼만큼은 자유롭기를 바란다. 그런 마음으로 계속해서 소설을 상상할 것이다.

《위안의 서》는 혼자서 글을 써온 내가 처음으로 내는 책이다. 정안이 세상으로 걸어 나갈 수 있게 도와주신 황산벌청년문학상 심사위원 김인숙, 이기호, 류보선 선생님께 고개 숙여 감사 인사를 올린다. 또한 한 권의 책을 만들기까지 이끌어주고 배려해준 은행나무출판사에 큰 마음을 전한다. 마지막으로 이 글을 읽어주실 분들에게 앞으로도 누군가의 삶을 따뜻하게 감싸줄 작품을 쓰기 위해 노력하겠다고 약속드린다.

봄볕 좋은 삼월,
박영

제3회 황산벌청년문학상 수상작

위안의 서

1판 1쇄 발행 2017년 4월 21일
1판 3쇄 발행 2018년 11월 19일

지은이 · 박영
펴낸이 · 주연선

편집 · 이진희 심하은 백다흠 하선정 이경란 최민유 김서해 이우정
마케팅 · 장병수 최수현 김다은 이한솔 강원모
관리 · 김두만 유효정 박초희

(주)은행나무
04035 서울특별시 마포구 양화로11길 54
전화 · 02)3143-0651~3 | 팩스 · 02)3143-0654
신고번호 · 제1997-000168호(1997. 12. 12)
www.ehbook.co.kr
ehbook@ehbook.co.kr
잘못된 책은 바꿔드립니다.

ISBN 978-89-5660-128-1   03810